KB160810

가천대학교 아시아문화연구소 아시아교양총서

일본 근대 아동문학 걸작선

※ 동화편과 동요편의 언어 텍스트 및 악보, 그리고 작가 및 작곡가의 사진 등은 저작권이 소멸된 것으로 판단되는데, 혹시 불철저한 조사로 인해 의도치 않게 저작권이 침해된 경우는 연락 바랍니다.

가천대학교 아시아문화연구소 아시아교양총서 ❼

일본 근대 아동문학 걸작선

초판인쇄	2020년 12월 15일
초판발행	2020년 12월 24일
지은이	아쿠타가와 류노스케 외
옮긴이	박진수
기 획	가천대학교 아시아문화연구소
펴낸이	이대현
편 집	이태곤 권분옥 문선희 임애정 강윤경 김선예
디자인	안혜진 최선주
마케팅	박태훈 안현진
펴낸곳	도서출판 역락
주 소	서울시 서초구 동광로 46길 6-6 문창빌딩 2층
전 화	02-3409-2060(편집), 2058(마케팅)
팩 스	02-3409-2059
등 록	1999년 4월 19일 제303-2002-000014호
전자우편	youkrack@hanmail.net
홈페이지	www.youkrackbooks.com

ISBN 　979-11-6244-629-4　04830
　　　　979-11-6244-468-9　04830 (세트)

* 책값은 뒤표지에 있습니다.
* 파본은 구입처에서 교환해 드립니다.

* 이 도서의 국립중앙도서관 출판예정도서목록(CIP)은 서지정보유통지원시스템 홈페이지(http://seoji.nl.go.kr)와 국가자료종합목록 구축시스템(http://kolis-net.nl.go.kr)에서 이용하실 수 있습니다. (CIP제어번호 : CIP2020053247)

이 번역서는 2018년도 가천대학교 교내연구비 지원에 의한 결과임.(GCU-2018-0705)

일본 근대
아동문학
걸작선

아쿠타가와 류노스케 외 지음
박진수 옮김

7

역락

차례

Ⅰ. 동화편   7

거미줄   9

세 형제   17

세 농부   43

한 송이의 포도   57

행복   69

메뚜기의 대여행   75

마술사   83

수선월의 4일   97

엉터리 불경   113

달려라 메로스   127

Ⅱ. 동요편　145

여름이 왔네　146

꽃　150

황성의 달　154

후지산　158

단풍잎　162

차 수확　166

이른 봄 노래　170

겨울 풍경　174

고향　178

해변의 노래　182

비　186

고추잠자리　190

요람의 노래　194

도토리 데굴데굴　198

빨간 구두　202

푸른 눈의 인형　206

어딘가에서 봄이　210

봄이여 오라　214

저녁 노을　218

이 길　222

옮긴이의 말 _ 225

일러두기

1. 동화편 본문의 번역 저본은 이와나미서점(岩波書店)의 문고판 『일본아동문학명작집』 (桑原三郎·千葉俊二編, 『日本児童文学名作集 (下)』, 岩波書店, 1994)의 21편 중 9편을 선정하고, 슈에이샤(集英社)의 『일본문학전집』(太宰治, 『日本文学全集 70 太宰治集』, 集英社, 1967) 중에서 1편을 골라 번역했다.

2. 동요편 번역의 저본은 이와나미서점의 문고판 『일본창가집』(堀内敬三·井上武士編, 『日本 唱歌集』, 岩波書店, 1958)과 『일본동요집』(与田準一編, 『日本童謡集』, 岩波書店, 1957)을 기본으로 했다. 번거로움을 피하고자 일본어 원문의 독음은 제외했다.

3. 동요편 일본어 원문의 세로쓰기는 가로쓰기로 고치고 들여쓰기는 반영하지 않았으며, 번역문의 행 구성은 한국어로 끊어 읽기에 적합하게 재구성했고 그에 따라 일본어 원문의 행 구성도 이에 맞게 고쳤다.

4. 작품의 배열 순서는 동화편과 동요편 모두 발표 연대순이다. 동요편 앞의 10편은 일본에서 '창가'(唱歌)로, 뒤의 10편은 동요(童謡)로 분류되는 곡이다. 〈해변의 노래〉는 〈비〉보다 한 달 늦게 발표되었지만 보통 창가로 분류되므로 앞 쪽에 놓였다.

5. 동요편 악보는 『일본창가집』과 『일본동요집』 또는 인터넷 관련 사이트에 무료 공개된 것을 반영했는데, 제목 및 가사의 철자법이 일본어 원문과 일치하지 않는 것이 있다.

I. 동화편

아쿠타가와 류노스케(芥川龍之介, 1892~1927)

일본의 소설가. 도쿄 출생. 도쿄제국대학 영문과 졸업. 해군기관학교 촉탁 영어 교관. 오사카마이니치신문사(大阪毎日新聞社) 전속 소설가. 예술지상주의·이지주의에 바탕을 둔 단편소설의 귀재로 정평이 남. 한문에도 정통한 그는 고전이나 서양의 문학에서 소재를 가져와 특유의 번득이는 감각으로 인생의 한 측면을 포착하여 논리적이고 간결한 언어로 치밀하게 구성한 점에 특징이 있음. 35세에 자살. 대표작으로 「라쇼몬」(1915), 「지옥변」(1918), 「덤불 속」(1922), 「갓파」(1922) 등.

아쿠타가와 류노스케

거미줄

1.

어느 날의 일입니다. 부처님께서는 극락의 연못가를 홀로 한가로이 거닐고 계셨습니다. 연못에 피어 있는 연꽃은 모두 옥처럼 새하얗고, 그 가운데 있는 금색 꽃술에서는 무어라 말할 수 없는 좋은 향기가 끊임없이 주변으로 넘쳐나고 있습니다. 극락은 마침 아침입니다.

부처님께서는 그 연못가에 잠시 멈춰 서서는 수면을 뒤덮고 있는 연꽃 잎 사이로, 문득 아래를 내려다 보았습니다. 이 극락의 연못 아래는 마침 지옥의 밑바닥과 맞닿아 있어서 수정처럼 비치는 수면을 통해 삼도천과 바늘산*의 풍경이 마치 망원경을 들여다보듯 선명하

---

* 불교에서 삼도천(三途川)은 인간이 죽어서 저승으로 가는 길 도중에 있다고 전해지는 강이다. 한편 바늘산은 바늘이 꽂혀 있는 지옥의 하나이다.

게 보이는 것입니다.

　그러자 그 지옥의 바닥에서 칸다타라는 한 사나이가 다른 죄인들과 함께 꿈틀대고 있는 모습이 눈에 들어 왔습니다. 이 칸다타라는 사나이는 사람을 죽이고 집에 불을 지르는 등 온갖 악행을 저지른 악명 높은 죄인이지만, 그래도 딱 한 번 선행을 한 적이 있습니다. 그것이 무엇인가 하니, 어느 날 이 사나이가 깊은 숲 속을 지날 때 작은 거미 한 마리가 길바닥을 기어가는 것을 보았습니다. 칸다타는 바로 발을 들어 밟아 죽이려 했지만, "아니지, 아니야. 이 작은 것도 생명이 있어. 그 생명을 함부로 빼앗는 것은 아무래도 불쌍해." 라며 갑자기 생각을 바꾸어 결국 그 거미를 죽이지 않고 살려 주었던 것입니다.

　부처님께서는 지옥의 모습을 바라보면서, 칸다타가 과거 거미를 살려 주었던 적이 있다는 것을 떠올리셨습니다. 그리고 그러한 선행에 대한 상으로 할 수만 있다면 이 사나이를 지옥에서 구해주고 싶어 졌습니다. 마침 옆을 보니 비취처럼 빛나는 연 잎 위에서 극락의 거미 한 마리가 아름다운 은색 실을 짜내고 있었습니다. 부처님께서는 그 거미줄을 살그머니 손으로 잡으시더니 옥처럼 하얀 연꽃 잎 틈새를 통해 저 멀리 아래 지옥 밑바닥까지 똑바로 내려 주셨습니다.

2.

지옥 밑바닥 피의 연못*에서 칸다타는 다른 죄인들과 함께 떴다 가라앉았다를 반복하고 있었습니다. 그도 그럴 것이 사방은 깜깜한 어둠이 있을 뿐, 간혹 그 어둠 속으로 무언가 아련히 떠오르는 것이 있는가 하면 그것은 무서운 바늘산의 바늘이 빛나고 있는 것으로 마음이 불안해질 수 밖에 없습니다. 주위는 무덤처럼 조용하며 어쩌다 무언가 소리가 들려와도 그것은 죄인이 내뱉는 희미한 탄식 뿐입니다. 이곳에 떨어질 정도의 인간이라면, 이미 갖은 지옥의 모진 고통에 지칠 대로 지쳐서 울 힘마저 잃은 것이겠지요. 따라서 아무리 악명 높은 죄인 칸다타라 할지라도 피의 연못에서는 목이 메어 울며 마치 죽어가는 개구리처럼 허우적거릴 뿐입니다.

그러던 어느 날의 일입니다. 칸다타가 무심코 고개를 들어 피의 연못 하늘을 바라보니, 쥐 죽은 듯 조용한 어둠 속을 저 멀리 천상에서 은색의 거미줄이 마치 사람의 눈에 띄지 않으려고, 한 줄기의 가느다란 빛을 뿜으며 칸다타의 머리 위로 슬며시 내려오는 것이 아닙니까? 칸다타는 그것을 보고 손뼉을 치며 기뻐했습니다. 이 실에 매달려 저 위까지 올라가면 분명 지옥을 벗어날 수 있을 것입니다. 아니, 잘만하

---

* 피의 연못은 지옥에 있다고 전해지는 피가 괴어 있는 연못으로서 생전에 악행을 저지른 인간이 여기에 빠진다고 한다.

면 극락까지 들어갈 수도 있겠지요. 그렇게 되면 이제 바늘산으로 올라갈 일도 없을 것이며, 피의 연못에 잠길 일도 없을 것입니다.

그렇게 생각한 칸다타는 재빨리 그 거미줄을 양손으로 부여잡고 열심히 위로 오르기 시작했습니다. 원래부터 도둑질을 잘해서 이런 일은 예전부터 익숙한 일이었습니다.

그러나 지옥과 극락 사이는 몇 만리나 되기 때문에 아무리 발버둥쳐도 쉽게 오를 수는 없습니다. 그렇게 한침을 오르다가 끝내 칸다타도 지쳐서 더이상 위로 오를 수 없게 되어 버렸습니다. 어쩔 수 없이 일단 한 숨 돌릴 생각으로 거미줄 중간에 매달려 저 멀리 아래를 내려다 보았습니다.

그러자 열심히 올라온 보람이 있는지 조금 전까지 자신이 있었던 피의 연못이 어느새 어둠 속으로 사라졌습니다. 그리고 희미하게 빛나던 무서운 바늘산도 발 아래에 있었습니다. 이대로 올라가기만 하면 지옥을 벗어나는 일도 불가능하지만은 않을 것입니다. 칸다타는 양손으로 거미줄에 매달려 지옥에 온 후로 몇 년 동안 내본 적이 없는 목소리로 "됐다. 됐어." 하고 웃음 지었습니다. 그러다가 문득 정신을 차려보니 거미줄 아래로 수를 셀 수도 없는 죄인들이 자신의 뒤를 따라 마치 개미의 행렬처럼 위로 열심히 올라 오고 있는 것이 아니겠습니까? 칸다타는 그것을 보자 놀랍고 두려워서 잠시 동안 그저 멍하니 바보처럼 입만 벌린 채 눈만 굴리고 있었습니다. 자기 한 명으로도 끊어질 것 같은 이 가느다란 거미줄이 어떻게 저렇게 많은 사람들의 무게를 견디고 있는 것일까요? 만약 도중에 거미줄이 끊어져 버린다면 모처럼 여기까지 올라온 자신마저도 원래의 지옥으로 다시 떨어져 버릴 것입니다. 그런 일이 생기면 큰일입니다. 이런 생각을 하는 도중에도 수백, 수천 명의 죄인들이 어두운 피의 연못 밑바닥에서 얇게 빛나는 거미줄에 일렬로 늘어서 부지런히 기어 오르고 있습니다. 지금 어떻게든 하지 않으면 거미줄은 중간에서 두 갈래로 끊어져 버릴 것이 분명합니다.

그래서 칸다타는 큰 소리로 "야, 이 놈들아 이 거미줄은 내 꺼야. 너희들은 대체 누구 허락을 받고 올라오는 거야. 내려가. 내려가!" 하고 소리쳤습니다.

그 순간이었습니다. 지금까지 아무렇지도 않던 거미줄이 갑자기 칸다타가 매달린 곳에서부터 툭 하는 소리와 함께 끊어져 버렸습니다. 칸다타도 무사하지 못했습니다. 순식간에 바람을 가르고 팽이처럼 빙글빙글 돌면서 어둠 밑으로 떨어져 버렸습니다.

그러고는 극락의 거미줄만이 그저 반짝반짝 가늘게 빛나면서 달도 별도 없는 하늘의 중간에 짧게 늘어져 있을 뿐입니다.

3.

부처님께서는 극락의 연못가에 서서 이 상황을 쭉 지켜보고 계셨는데, 이윽고 칸다타가 피의 연못으로 돌덩이처럼 가라 앉자 슬픈 표정을 지으시며 다시 한가로이 걷기 시작했습니다. 자기만 지옥에서 벗어나려는 칸다타의 자비 없는 마음이, 그리고 그에 상응하는 벌을 받아 다시 지옥에 떨어져 버리고 만 것이 부처님의 눈에는 참으로 한심하게 비쳤던 것이겠지요.

그러나 극락의 연꽃은 조금도 그런 일을 개의치 않습니다. 그 옥과 같은 하얀 꽃은 부처님의 발걸음 주위에서 살랑살랑 꽃잎을 흔들었고, 그 가운데에 있는 금색의 꽃술에서는 무어라 말할 수 없이 좋은 꽃 향기가 끊임없이 흘러 넘치고 있습니다. 극락도 벌써 한낮에 가까워졌습니다.

기쿠치 간(菊池寬, 1888~1948)
일본의 소설가, 극작가, 언론인, 문예춘추사(文藝春秋社)를 창업한 실업가. 가카와현(香川県) 출생. 많은 대중소설을 남겼으나 문단에서의 사업가로서 활약. 중일전쟁 이후 일본문예가협회 회장, 일본문학보국회 의장을 맡아 침략 전쟁에 협력한 이력으로 인해 패전 후 GHQ(연합국군 최고사령부)로부터 공직추방을 당함.

기쿠치 간

세 형제

1. 세 갈래 길

아직 임금님의 도읍이 교토였을 무렵으로, 지금으로부터 천 년이나 오래 된 옛날 이야기입니다.

도읍에서 200리* 정도 북쪽으로 떨어진 '단바'의 어느 작은 마을에 삼형제가 살고 있었습니다. 가장 큰 형은 이치로지였고 중간 형은 지로지, 가장 막내동생은 사부로지였습니다. 형제는 열여덟, 열일곱, 열여섯, 이렇게 한 살 차이로 키도 비슷했으며 얼굴 생김새나 말투까지 누가 이치로지인지 누가 지로지인지 다른 사람들은 분간해낼 수 없을 정도로 아주 비슷했습니다.

---

* 일본의 1리(里)는 한국의 10리이다. 원작에서는 20리(二十里)로 표기되어 있다.

불행히도 이들 형제는 어렸을 적 부모님을 일찍 여의어 얼마 안 되는 논과 밭도 어느샌가 남에게 빼앗겨 버렸고, 지금은 아무도 돌봐주는 이 없이 남의 집 일을 도와주며 겨우 하루하루를 살아가고 있었습니다. 가난하기는 했지만 셋은 매우 사이가 좋았습니다.

어느 날 밤의 일이었습니다. 이치로지는 뭔가 깊이 생각에 잠겨 있다가 갑자기 고개를 들고는,

"이렇게 매일같이 일하면서 희망도 없이 사느니, 차라리 도읍으로 가볼까? 거기는 사람도 많고 재미있는 일도 많다던데."라고 말했습니다. 그 말을 들은 지로지와 사부로지도 한 목소리를 내며,

"그래, 그러자. 도읍으로 가면 반드시 좋은 일이 있을 거야."라고 말했습니다.

이치로지는,

"그렇다면 쇠뿔도 단김에 빼라고 했으니 내일 당장 떠나자."라고 말했습니다. 그리고 그 날 밤은 모두 다 같이 떠날 준비를 했습니다.

다음 날은 가을 하늘이 아주 맑게 개어 햇님까지 세 사람이 떠나는 것을 축복해주는 것 같았습니다. 셋은 활기차게 마을을 떠나 남쪽 도읍을 향해 서둘렀습니다.

마을을 떠나 하루를 묵고 이튿날 아침 큰 언덕에 올라 정상에서 내려다보니, 저 멀리 아침 안개 속에 무수히 많은 집들이 즐비하게 늘어서 있는 모습이 희미하게 보였습니다.

"아, 교토다." 사부로지가 크게 기뻐하며 외쳤습니다. 세 형제는 더욱 걸음을 재촉하며 언덕을 달려 내려왔습니다. 언덕을 내려와서 보니 도읍까지는 상당히 먼 듯 보였고 걷고 또 걸었지만 누런 논이 길 양쪽으로 계속 이어졌습니다.

커다란 은행나무가 길가에 한 그루 서 있었습니다. 지금까지는 외길이었던 길이 그 은행나무 부근에서부터 세 갈래로 나뉘어져 있다는 사실을 알게 되었습니다. 형제는 좀 난처했습니다.

"어느 길이 가장 가까운 길일까?" 하고 이치로지가 말했습니다.

"가운데 길이 가장 가까울 것 같아." 지로지가 말했습니다.

"아니, 왼쪽 길이 제일 가까운 것 같아."라고 막내가 말했습니다.
그러자, 이치로지는 곰곰이 생각하더니,

"나는 오른쪽 길이 가깝다고 생각해. 하지만 어느 쪽 길을 가더라도 교토에 도달할 수 있는 건 확실해. 형제가 함께 모여 있으면 일자리를 찾기도 어렵지 않을까? 그러니 다 같이 가는 것보다 우리 각자 떨어져서 자신이 가깝다고 생각하는 길을 걸어가서 각자의 운을 시험해 볼까?"라고 말했습니다.

"그거 좋은 생각이네." 지로지는 곧바로 찬성했습니다. 사부로지는 형들과 헤어지는 것이 조금 슬펐지만 원래 당찬 아이였기에,

"그럼 그렇게 해."라고 말했습니다.

그리하여 이치로지는 오른쪽 길로, 지로지는 가운데 길로, 사부로지는 왼쪽 길로 가게 되었습니다. 헤어질 때 지로지는 형과 동생을 돌아보며,

"이 곳에서 비록 우리가 헤어지지만 형제가 각자 도읍에서 출세한다면 반드시 어디서든 만날 수 있을거야."라고 씩씩하게 말했습니다.

2. 오른쪽 길

먼저 오른쪽 길을 택한 이치로지의 이야기를 들려 드리겠습니다.

이치로지는 동생 두 명과 헤어져 걸음을 재촉했습니다. 그 길은 매우 경치가 좋은 길로, 양쪽에는 아름다운 가을 풀들이 만발해 있었습

니다. 20리쯤* 걸었을 무렵, 누런 논 너머로 파란 하늘에 우뚝 솟은 오층탑이 보였습니다.

"아, 이제 교토도 얼마 남지 않았군." 하며 이치로지는 뛸듯이 기뻐했습니다.

그런데 바로 그 순간이었습니다. 길 앞쪽에서 모래 먼지가 일더니, 그 모래 먼지 속에서 흰 황소 한 마리가 굵은 쇠같은 뿔을 좌우로 흔들며 날아오듯 달려왔습니다. 분명 이 소는 뭔가에 놀라 흥분한 것 같았습니다. 두 눈은 새빨간 불꽃같았으며 눈 앞에 있는 게 무엇이든 그 뿔로 받아 칠 기세였습니다.

이치로지는 그 무서운 기세를 보고 몸을 길가로 피하려고 했지만 황소는 오히려 이치로지가 있는 쪽으로 곧바로 돌진해 왔습니다. 눈 깜짝할 사이에 이치로지를 두 개의 뿔로 들어올려 내던진 후 다시 모래 먼지를 일으키며 뛰어갔습니다.

내던져진 이치로지는 오른쪽 겨드랑이 밑에서 칼로 도려내는 듯한 통증을 느꼈습니다. 그는 이제 죽을 것만 같았습니다.
"아, 내가 가장 손해보는 길을 왔구나. 오른쪽 길로 와서 도읍의 입

---

* 일본의 2리는 한국의 20리이다.

구에서 죽게 되었구나."라고 마음 속으로 생각했습니다. 그러던 중, 상처가 더 아파오더니 어느덧 정신을 잃고 말았습니다.

몇 시간이 지났는지 며칠이 지났는지 이치로지는 알 수 없었습니다. 문득 눈을 떠보니 훌륭한 저택 안에서 자고 있었습니다. 몸 위에는 태어나서 한 번도 본 적이 없을 정도의 아름다운 비단 이불이 덮여 있었습니다. 머리맡에는 은그릇에 약이 놓여 있었습니다. 게다가 문득 정신을 차려보니, 아름다운 여인이 방 안에 혼자 앉아 있었습니다. 니무나도 변한 환경에 이치로지가 낌찍 놀라 일어나려고 하자, 오른쪽 겨드랑이 밑이 갑자기 다시금 아파왔습니다. 이치로가 눈을 뜬 것을 보고 그 여인은,

"이제 겨우 정신을 차리셨습니까? 걱정하지 않으셔도 됩니다. 여긴 좌의정 후지와라노 미치요님의 저택입니다. 사실 어제 미치요님이 구라마 절로 참배가시던 도중, 마차를 끌던 소가 갑자기 날뛰기 시작하여 당신에게 그런 큰 상처를 입히게 되었습니다.
미치요님은 이를 아주 딱하게 여기시어, 절로 참배가던 길에 사람을 죽이면 부처님을 뵐 면목이 없으니 가능한 한 극진히 간호하여 저 젊은이를 고쳐주라고 분부하셨습니다. 그래서 당신을 이 곳으로 데리고 와 도읍에서 제일 가는 의사를 불러 간호하고 있는 것입니다."

이치로지는 이게 꿈이 아닐까 하고 놀랐습니다.

좌의정 후지와라노 미치요라면, 임금님의 제일 가는 신하로, 탄바의 시골까지 이름이 알려진 유명한 사람이었습니다.

그 여자는 잠시 후 이렇게 말했습니다.

"미치요님이 이렇게 말씀하셨습니다. 이 젊은이는 먼 시골에서 도읍으로 올라와 친척 하나 없는 자임에 틀림없으니, 상처가 아물면 하인으로 삼아 주시겠다고 하셨습니다."

그 말을 듣고 이치로지는 상처의 아픔도 잊을 정도로 기뻐했습니다. 좌의정 미치요 님의 하인이 되는 건 시골 농가의 아들로 태어난 이치로지에게는 더할 나위 없는 출세였습니다.

이치로지의 상처는 머지않아 아물었습니다. 그리고 약속대로 좌의정의 하인이 되었습니다.

정직하고 똑똑한 이치로지는 점차 출세를 하여, 10년도 안 되어 검비위사라는 직책을 얻게 되었습니다. 그리고 이름도 사에몬노죠 기요쓰네로 고쳤습니다.

'검비위사'란 경찰서장과 재판장을 겸한, 엄청나게 영향력이 큰 대단한 직책으로 도둑이나 악당을 잡아 재판하는 일을 했습니다.

이치로지는 이렇게 출세했습니다만, 가운데 길을 간 지로지와 왼쪽 길로 간 사부로지는 어떻게 되었을까요?

3. 가운데 길

가운데 길을 택했던 지로지는 형과 동생과 헤어지고 나서부터는 뛰어가 듯 걸음을 재촉하며 서둘러 갔습니다. 하지만 가운데 길이 가장 가깝다고 생각했던 것은 엉뚱한 착각이었던 듯 했고, 20리를 걸어도 30리를 걸어도 길 양 옆에는 대나무 숲만이 이어져 있어, 쓸쓸한 시골길이 가도 가도 끊이질 않았습니다. 그러는 동안 가을 해가 어느새 완전히 저물어 인적이 드문 길은 더욱 쓸쓸해 졌습니다.

삼형제 중에서도 가장 기가 쎈 지로지였지만 정말 당황했습니다.

"이 상태로는 오늘 밤 안에는 도저히 교토에 도착할 수 없을 것 같아. 어디든 하룻밤 묵기로 하자." 고 생각했습니다. 그 때 마침 길가에 지장보살님 사당이 보여, 그 툇마루로 올라가 그 곳에서 하룻밤을 보내기로 했습니다. 그런데 자정 무렵이었습니다. 잠 든 지로지의 어깨를 흔들며,

"어이, 어이~" 하고 흔들어 깨우는 사람이 있었습니다.

지로지가 깨어 일어나 보니 낯선 사람이 지로지의 어깨에 손을 얹

고 있었습니다. 때마침 하늘 높이 솟은 달님의 빛으로 그 남자를 보니, 무사처럼 아주 힘이 세 보이는 사나이였습니다. 그 사나이는 지로지가 잠에서 깬 것을 보자,

"야, 너는 도대체 누구냐? 왜 이런 곳에서 잠자고 있어?"라고 물었습니다. 지로지는 머뭇거리면서 단바에서 교토로 가고 있는 사정을 이야기했습니다. 그러자 그 무사는 친절한 미소를 지으며,

"잘됐군. 내가 모시고 있는 영주님께서는 너 같은 젊은이라면 몇 명이라도 받아주실 수 있어. 내가 모시고 있는 영주님 밑에서 일할 생각은 없냐?" 하고 물었습니다. 그 말을 듣자마자 지로지는 춤을 추며 기뻐했고, 하루 빨리 영주님 밑에서 일하고 싶다고 대답했습니다.

이윽고 지로지는 무사에게 이끌려 그 영주님의 저택으로 가게 되었습니다. 무사는 이상하게도 교토 쪽으로는 가지 않고 길에서 왼쪽으로 꺾어 개울가 옆 좁은 길을 쿵쿵거리며 걸어갔습니다. 지로지는 의아해 하며,

"그 영주님은 도읍에 살고 계시지 않습니까?"라고 물었습니다. 그러자 무사는 아무렇지 않은 표정으로,

"도읍에도 저택이 있으시지만, 지금은 미조로가 연못 근처에 살고 계셔. 네가 도시 구경을 가고 싶다면 내일 데려 가 줄게."라고 말했습니다.

그러고 있는 사이, 길 앞에는 달빛에 비쳐진 거울처럼 빛나는 커다란 연못이 보였습니다. 그 연못의 물가에는 갈대가 무성하게 자라나 있었으며, 연못 주위에는 큰 나무가 우거져 있어, 이무기가 살 것만 같은 어쩐지 기분이 나쁜 그런 큰 연못이었습니다.

지로지는 이런 외딴 곳에 영주님의 저택이 있을까 하고 의아해 하고 있었는데, 무사가 "내 뒤를 바짝 따라와."라고 말하면서 큰 나무 숲 속의 좁은 길을 걸어가고 있었습니다. 그리고 2킬로미터 정도 걸었을 무렵입니다. 갑자기 지금까지의 숲이 없이지디니 연못 옆에 넓은 평지가 있었고, 그 평지의 한 가운데에 아주 훌륭한 저택이 있었습니다. 지로지가 태어나서 처음 볼 정도로 아름답고 큰 저택이었습니다. 앞서가던 무사는,

"자, 너도 어서 들어와."라고 말하면서 그 대궐 안으로 성큼성큼 들어갔습니다.

현관에서부터 여러 방을 지나쳐 하나의 큰 방 안에 들어왔습니다. 그 큰 방에는 은그릇에 등불이 수십 개가 빛나고 있었고 낮처럼 밝았습니다.

둘러보니 그 방 안에는 힘이 세 보이는 사나이가 모두 서른 명 정도 술잔치를 벌이고 있었습니다. 그리고 가장 높은 곳에 키가 6척이

나 되는 듯한 큰 사내가 책상다리를 하고 앉아 있었습니다. 정말 힘이 세 보이는 사자도 호랑이도 모두 한 손으로 때려잡을 것 같은 사나이였습니다.

지로지를 데리고 온 무사는 그 큰 사나이 앞으로 지로지를 데리고 가서,

"이 젊은이가 영주님 밑에서 일하고 싶다 하기에 데리고 왔습니다."라고 말하니, 그 덩치 큰 사나이는,

"그래, 그래" 하고 깨진 종과 같은 목소리를 내며 고개를 끄덕였습니다. 그 뒤로는 지로지도 모두와 함께 술을 마시고 음식을 먹었습니다. 태어나서 처음 먹어보는 맛있는 음식을 배부르게 먹었습니다. 지로지는 마음속으로,

"하루만에 일자리가 정해지고 게다가 이런 진수성찬을 먹을 수 있다니 이런 운수 좋은 날이 있나. 내가 걸어온 가운데 길이 가장 행복한 길이었구나.' 라고 생각했습니다.

그 다음 날 밤이었습니다. 어제 지로지를 안내해줬던 무사가 와서는,

"오늘 밤엔 영주님께서 교토로 가신다니까, 너도 함께 갈 수 있도

록 해주마."라고 말했습니다. 잠시 후, 드디어 출발하게 되었습니다. 영주님이라는 6척에 가까운 커다란 사나이는 멋진 흰 말에 훌쩍 올라 탔습니다. 그 뒤로 높은 하인이 여섯, 일곱 명 정도 말을 타고 따라갔 습니다. 남은 사람들은 각자 영주님의 말을 애워싸듯 행렬을 지어 걸 었습니다. 이상하게도 모든 사람들이 활이나 긴 칼을 지니고 있었습 니다. 지로지에게도 무사가 칼 한 자루를 빌려주었습니다.

지로지는 이렇게 밤 늦은 시각에 영주님은 어디로 가시는 걸까 궁 금해하면서도 잠자코 따라갔습니다. 이윽고 큰 강에 놓여 있는 다리 를 건너자 그 곳은 이미 도읍지로, 훌륭한 집들이 즐비했습니다. 그 중에서도 가장 훌륭한 집 앞에 행렬이 멈춰 섰습니다. 그리고 뭔가 이 야기를 나누기 시작했습니다.

지로지는 영주님의 도읍지 저택이 이 집일까 생각하고 있었습니 다. 그러자, 대여섯 명의 사나이가 뿔뿔이 행렬에서 흩어지더니 이 훌 륭한 집의 담장을 조용히 타고 올라갔습니다. 이를 보고 놀라고 있었 는데, 담을 타고 들어간 사나이가 안에서 문을 삐걱하고 열자 동료들 이 모두 장도와 칼을 빼 들고 우르르 대문 안으로 들어갔습니다.

지로지는 너무나 무서워서 부들부들 떨고 있었는데, 어제 지로지 를 안내한 무사가 곁으로 다가왔습니다.

"놀랐지? 내가 영주님이라고 부른 분은 요즘 도읍에서도 악명 높은 기도마루라는 큰 도둑이야. 네가 일단 일하겠다고 했으니 이제 도망 못 가. 자, 나랑 같이 여기서 망을 보는거야."라고 말했습니다.

지로지는 이 말을 듣고 기겁했습니다. 기도마루는 그 당시 일본에서 모르는 사람이 없을 정도로 유명한 큰 도둑이었습니다. 지로지는 자신도 모르는 사이에 도둑의 수하가 되어버린 사실이 너무 슬펐습니다. 빨리 도망치고 싶었지만 안내했던 남자가 손에 활을 들고 있어 지로지가 도망가면 화살로 사살할 것만 같았습니다.

그러는 사이에 집안에서는 사람이 외치는 소리와 칼부림 소리가 나더니, 도둑들이 저마다 금, 은이 든 자루를 무거운 듯 메고 나왔습니다.

그 집 앞에서 모두 모이자, 다시 원래 왔던 길을 되돌아 갔습니다. 지로지도 도망치면 금방 죽임을 당할 것 같아서 조심조심 뒤따라 돌아갔습니다.

이윽고 미조로가 연못의 저택으로 돌아오자, 기도마루는 수하들을 큰 방에 불러모아, 훔쳐 온 금, 은을 산더미처럼 쌓아두고, 그것을 한 움큼씩 수하에게 나누어 주었습니다. 지로지가 한쪽 구석에서 바들바들 떨고 있으니, 기도마루는 깨진 종과 같은 목소리로,

"어이, 애송이, 사양하지 말고. 너에게도 한 줌 주마."라고 말했습

니다. 받지 않으면 붙잡혀 살해당할 것 같았기에, 지로지는 움찔거리며 받았습니다.

하지만 받아보니 그것은 금과 은으로 된 돈이었고, 지로지가 꿈에서도 보지못한 큰 돈이었습니다. 천성이 삼형제 중, 가장 욕심이 많았던 지로지였기에 그런 큰 돈을 보자 나쁜 생각이 들기 시작했습니다. 돈을 이렇게 많이 벌 수만 있다면 도둑의 한패가 되어도 좋겠다는 생각이 들었습니다. 그리고 마침내 진심으로 기도마루의 부하가 되었습니다. 지로지는 원래 똑똑하고 용기 있는 남자였기에 ㄱ 안에서도 점점 출세를 했고, 기도마루가 미나모토노라이코님에게 살해당한 후부터는 지로지가 도둑의 두목이 되어 이름을 미조로가 연못의 다마루노로 바꾸고 도읍 근처의 집을 털고 다녔습니다.

오른쪽 길로 간 이치로지와, 가운데 길로 간 지로지는 어떻게 되었는지 알겠죠? 그렇다면 왼쪽 길로 간 사부로지는 어떻게 되었을까요?

4. 왼쪽 길

왼쪽 길로 들어선 사부로지는 형제 중에서도 가장 나이가 어렸고 마음씨도 착해서 두 형과 헤어지고 난 후, 외로움에 울 것만 같았습니다. 하지만 그러면 안된다는 생각에 힘차게 앞으로 걸어 나갔습니다. 왼쪽 길은 넓은 강과 붙어 있었습니다. 하지만 교토까지는 많이 남아 있는 듯 보였고, 날이 저물 무렵에야 겨우 도읍지 변두리 마을에 다다르게 되었습니다. 이제 다리가 너무 지쳐 한 발짝도 걸을 수 없을 정도로 피곤했습니다. 어디 숙소가 없을까 하고 두리번거리면서 찾아다니던 중,

"저기요." 라며 사부로지를 불러 세우는 여자가 있었습니다.

"네네, 절 부르셨나요?"라고 말하며 멈추어 서자, 여자는 사부로지의 얼굴을 바라보며,

"나그네이신가요?"라고 물었습니다.

"네, 저는 단바에서 도읍으로 향해 가고 있는 중입니다."라고 대답했습니다. 그러자 여자는 기뻐하며,

"그렇다면 지금 사정이 딱하신 듯 하니, 저희 주인님 집으로 오세요. 절대 나쁜 뜻은 없어요."라고 말했습니다.

사부로지는 기뻐하며, 누구 하나 아는 이 없는 곳에서, 이렇게 친절한 사람을 만난 것은 지옥에서 부처님을 만난 것과 같다고 생각했습니다.

여자는 사부로지를 데리고 마을을 반 정도 걸어가더니 번듯한 집

안으로 들어갔습니다. 사부로지도 뒤따라 들어갔습니다. 그 집은 주위가 예닐곱정*이나 되는 넓은 저택으로, 저택 안에는 커다란 곳간이 열대여섯 개나 늘어서 있었습니다.

여자는 사부로지를 데리고 긴 복도를 걸어가더니 안쪽 방으로 안내 했습니다. 안에 들어가보니 그 방은 아찔할 정도로 아름다운 방이었고, 도코노마**에는 금과 은으로 된 도구들이 가득 놓여 있었습니다. 사부로지가 너무나 아름다워 멍하니 바라보며 서 있으니 여자가,
"저기 누워계신 분이 주인님이십니다."라고 말했습니다.
정말이지 그 아름다운 방 한가운데에 나이 든 병자 한 명이 가쁜 숨을 몰아쉬며 누워 있었습니다.

사부로지는 쭈뼛쭈뼛 그 자리에 앉았습니다. 그러자 병자는 여자에게,

"그럼 딸아이를 불러와 주렴." 이라고 말했습니다.

여자는,

---

* 1정(町)은 3000평이다.
** 일본식 다다미 방의 정면에 바닥을 한층 높여 만든 곳이다.

"네." 하고 대답하고는 조용히 일어나 나갔습니다.

사부로지가 주뼛주뼛 노인 옆에 앉아서 기다리고 있었는데, 그 곳에 이윽고 열대여섯 살의 아름다운 여자 아이가 들어왔습니다. 노인은 사부로지를 보며,

"당신은 여행 중이십니까?"라고 괴로운 듯 물었습니다.

"네, 그렇습니다." 사부로지는 상냥하게 대답했습니다. 그러자 노인은 잠자리에서 반쯤 몸을 일으키며,

"제가 당신에게 부탁이 하나 있습니다. 부디 들어 주시겠는지요. 지금이라도 당장 죽을 것만 같은 이 병자의 평생 소원을 제발 들어주실 수 있겠습니까?"라고 손을 모아 말했습니다.

사부로지는 고통스러워하는 병자의 모습을 보자 안쓰러워졌고,

"제가 할 수 있는 일이라면 뭐든지 들어드리겠습니다."라고 했습니다. 그러자 병자는 안심한 듯 말했습니다.

"부탁은 별 것 아닙니다. 제 딸을 부디 당신 부인으로 삼아 이 집안의 대를 이어 주시지 않으시겠습니까?"라고 말했습니다.

이 말을 들었을 때의 사부로지는 놀라움과 기쁨 중 어떤 기분이었을까요. 그러나 곰곰이 생각해 보면 자신과 같이 거지나 다름없는 사람을 이런 부자가 데릴사위로 삼을 리 없습니다. 이것은 분명 이 늙은이가 미쳤거나 아니면 농담으로 하는 말이라 생각되었기에 정직한 사부로지는 약간 화가 치밀어 올랐습니다.

"어린 아이라고 얕보고 절 가지고 놀지 마세요. 저는 농부의 아들로 이런 부잣집의 사위가 될 수 있는 사람이 아닙니다."라고 말했습니다. 그러자 그 병자는 슬픈 표정을 지으며,

"이유를 말하지 않은 제가 잘못했군요. 이유를 말하지 않으면 납득 안 가는 게 당연합니다. 제 치부에 대해 얘기하도록 하죠."라고 환자는 괴로운 듯 콜록콜록 기침을 하면서 말을 이어 나갔습니다.

"사실 전 한평생 10만 관(옛날 돈 이름입니다)이라는 재산을 만든, 교토에서도 가모 지방의 부호라고 말하면 모르는 사람이 없을 정도입니다. 하지만 제가 돈을 모은 방식은 솔직히 타당한 방법이 아니었습니다. 저는 돈을 벌기 위해 여러 가지 나쁜 일을 했습니다. 가난한 사람에게 돈을 빌려주고 아주 높은 이자를 받거나, 백성으로부터 값비싼 공물을 받거나, 때로는 가짜 증서를 써서 남의 집이나 논밭을 속이고 빼앗기도 했습니다. 게다가 내야 하는 돈은 한 푼도 안 냈습니다. 아무리 힘든 자가 있어도 쌀 한 톨, 돈 한 푼도 베푼 적이 없습니다.

덕분에 돈은 재미있게도 점점 많아졌습니다.

그 대신 세상 사람들로부터는 정말 귀신이나 뱀처럼 미움 받아 왔습니다. 전 얼마 전까지만 해도 돈만 있으면 아무리 미움을 받아도 괜찮다고 생각했습니다.

그런데 올 봄에 제 아내가 죽었습니다. 게다가 가을 초부터 저도 심각한 병에 걸렸습니다. 제게 자식이라고는 이 딸이 유일합니다. 전 제가 이 병으로 죽으면 혼자가 된 딸이 너무 힘들 것 같아서 제가 살아 있을 때 꼭 좋은 사위를 얻고 싶어, 교토 시내를 수소문했습니다.

그랬더니, 어떠했을까요? 혼기 찬 젊은이가 있는 그 어느 집에서도 아무리 돈이 많아도 가모의 부호 사위가 될 순 없다, 그 피도 눈물도 없는 자의 사위로 갈 순 없다며 누구 하나 사윗감으로 오려는 사람이 없었습니다. 전 돈만 있으면 뭐든지 할 수 있다고 생각하고 있었지만 그것은 제 큰 착각이었습니다. 전 제 외동딸을 시집조차 보낼 수 없었던 것이었습니다. 딸이 그 사실을 알고는 매일같이 울었습니다. 저도 딸이 너무 불쌍해서 울었습니다. 십만 관이라는 큰 돈도 지금은 아무 쓸모 없는 것이었습니다.

그러던 중 제 병이 깊어져 이제 오늘 죽을지 내일 죽을지 모르게 되었습니다. 제가 죽으면 딸아이는 세상에 홀로 남겨지고, 미움 받던

자의 자식으로 세상으로부터 얼마나 구박을 받게 될지 생각하면 저는 죽어도 죽지 못하는 겁니다.

저는 마침내 이런 생각을 했습니다. 교토 사람들은 모두 가모의 부호를 미워하니 데릴사위로 와주지 않겠지만, 나그네라면 날 미워할 리 없으니 사위로 와 줄지도 모른다고 생각했지요. 전 하인을 길가로 내보내 나그네를 여기 모셔오게 한 것입니다. 운 좋게도 당신처럼 훌륭한 분이 와 주셔서 이렇게 기쁠 수가 없습니다. 저희 부녀를 살려 주신다는 마음으로 부디 제 부탁을 들어주실 순 없을런지요?"라고 말하면서 환자는 피곤한 듯 엎드렸습니다.

사부로지는 처음으로 노인이 부탁하는 이유를 알았습니다. 하지만 아무리 돈이 많아도 교토 사람들로부터 그렇게 미움 받는 집안의 사위가 되면, 어떤 봉변을 당할지 모른다는 생각에 일단 거절해야 하겠다고 생각했습니다.

하지만 자세히 보니 병자도 불쌍해 보이는 딸도 흐느끼며 울고 있었기에, 사부로지가 거절을 하면 병자가 너무 큰 슬픔에 그대로 숨이 끊어지지 않을까 걱정되었습니다. 그래서 본성이 착한 사부로지는,

"그렇게 부탁하신다면, 꼭 이 집안의 사위가 되어 드리겠습니다."라고 말했습니다. 그러자 병자는 두 손을 모아 사부로지에게 절을 하는 것처럼 보였는데, 안도감에 마음을 놓아 그대로 숨을 거두었습니다.

사부로지는 슬픔에 잠긴 딸을 위로하며 장례식을 치른 후, 그 딸을 신부로 맞아 2대째 가모의 부호가 되었습니다. 그리고 재산 10만관의 반인 5만관을, 교토의 가난한 사람들에게 나누어 주었습니다. 그러자 세상은 정직하여 도읍지 사람들은 모이기만 하면,

"전의 가모의 부호는 냉혈한이었는데, 이번 부호는 부처님이야. 부처님 부호야. 부처님 부호."라고 소문을 냈습니다.

그 후로 금슬 좋은 사부로지 부부는 가난한 사람에게 베풀어가며 행복하게 잘 살았습니다. 하나코라는 귀여운 여자 아이도 태어나 어느덧 10년 정도 흘렀습니다.

이치로지와 지로지, 사부로지의 이야기는 이렇게 끝났습니다만, 그렇다면 이 세 사람은 도대체 어디에서 만나게 될까요?

5. 삼형제가 만난 곳

삼형제가 교토로 가던 중, 세 갈래 길로 나뉜지 10년이 지났을 무렵의 일입니다. 그 무렵 검비위사(지금의 경찰서장과 법원장을 겸하는 직책)라는 높은 직책을 맡고 있는 이치로지인 사에몬노죠 기요쓰네에게 도읍에서 유명한 가모의 부호로부터 고소장이 올라왔습니다.

내용인 즉슨, 그 전날 밤, 가모의 부호 집에 30명 정도의 도둑들이 들어와 많은 돈을 훔쳐갔을 뿐만 아니라, 딸 하나코를 납치해갔다

는 것입니다. 사에몬노죠 기요쓰네는 그 전부터 도적이 활개를 치는데 대해 분노하고 있었습니다만, 이렇게 도읍 한 가운데로 들어 왔다니, 이젠 한시도 내버려둘 순 없다고 생각했습니다. 그리하여 부하를 200명 정도 모아,

"소문에 듣자하니 가모강의 상류에 있는 미조로가 연못에는 여자 귀신이 살고 있다는 소문이 있어 사람들이 가까이 가지 않아, 다노마루라고 하는 큰 도둑이 훌륭한 저택을 짓고 살고 있다고 한다. 가모의 부호 집에 침입한 도둑도, 그 타노마루임에 틀림없다, 빨리 달려가 반드시 생포해 오거라."라고 명령을 내렸습니다.

그 다음 날의 일이었습니다. 미조로가 연못으로 갔었던 부하 한 명이 달려왔습니다.

"나으리, 기뻐하십시오. 다노마루를 성공적으로 생포하였습니다. 부호의 딸인 하나코도 무사합니다."라고 말했습니다.

사에몬노죠는 매우 기뻐하며 다른 부하에게,

"당장 가모의 부호 댁으로 찾아가, 하나코를 데려가라고 전하라."고 말했습니다.

이윽고 관청에 두 손이 뒤로 결박된 채 다노마루가 끌려왔습니다. 그리고 정원의 하얀 모래 위에 앉혀졌습니다. 마침 그 곳에는 가모의 부호가 딸을 데리러 직접 찾아왔습니다. 부호는 툇마루 위에 앉아 있었습니다.

얼마 지나지 않아 쉬잇, 쉬잇, 하는 소리가 들리더니, 에보시(옛날 공직자나 무사가 쓰던 건)를 쓰고 번듯한 옷을 입은 사에몬노죠가 조용히 나타났습니다. 사에몬노죠는 가장 높은 상석에 앉아 가모의 부호를 쳐다보고는,

"네가 가모의 부호냐?"라고 물었습니다. 계속 고개를 숙이고 있던 부호는 고개를 들고,

"네, 그렇습니다."라고 대답했습니다. 그 얼굴을 이치로지인 사에몬노죠가 자세히 보니, 그건 영락없는 동생 사부로지였습니다. 이치로지인 사에몬노죠는 자신도 모르게 큰소리로,

"오, 사부로지가 아니더냐!" 하고 말하자, 사부로지도 검비위사의 관청에 있다는 사실도 잊어버린 채,

"어, 형님!" 이라고 대답했습니다. 두 사람은 서로 끌어안고 엉엉 울었습니다.
하지만 울고 있는 것은 두 사람만이 아니었습니다.

모래 위에 앉아 있던 도적 다노마루 역시 묶인 몸을 몸부림치며 이를 악물고 울고 있었습니다. 굵은 눈물이 뚝뚝 모래 위에 떨어졌습니다.

다노마루가 울고 있다는 사실을 알게 된 이치로지와 사부로지는 이게 어찌된 영문인지 이상하게 여기며 도적의 얼굴을 보았습니다. 그건 이치로지에게는 동생, 사부로지에게는 형인 지로지임에 틀림없었습니다.

삼형세의 그 때의 놀람과 기쁨, 슬픔은 도대체 어떠한 것이있을까요. 그건 여러분들이 상상해주세요.

삼형제가 세 갈래 길로 나뉘어 졌을 때는 단 한 걸음 차이였습니다. 그것이 마지막에는 이렇게 심하게 달라졌던 것입니다.

아키타 우자쿠(秋田雨雀, 1883~1962)

일본의 극작가, 시인, 동화작가, 소설가, 사회운동가. 아오모리현(青森
県) 출생. 도쿄전문학교(東京專門学校, 현 와세다대학[早稲田大学]) 영문과
졸업. 스승인 시마무라 호게쓰(島村抱月, 1871~1918)의 추천으로 극단
예술좌(芸術座)의 창설에 참가. 에스페란토어 운동 및 사회주의운동에
가담하여 1927년 소련 국빈 방문. 일본사회당, 공산당 등 정당 활동.

아키타 우자쿠

세 농부

옛날 어느 북쪽 지방의 산골짜기에 한 마을이 있었습니다. 그 마을에는 이사쿠, 다스케, 다로에몬이라는 세 명의 농부가 살고 있었습니다. 세 농부는 조그마한 논을 갈면서 틈틈이 숯을 구워 30리 정도 떨어진 읍로내로 물건을 팔러 다녔습니다.

세 명의 농부가 태어난 마을은 아주 외딴 곳의 작은 마을로, 가을이 되면 온 산이 단풍으로 물들어 읍내 사람들이 단풍을 보러 오는 일 외에는 특별히 할 일 없는 그런 마을이었습니다. 하지만 농부들의 마을로 들어가는 입구에는 큰 강이 흘렀고 가을이면 많은 곤들매기와 민물송어가 헤엄쳐 다녔습니다. 마을 사람들은 모두 즐겁게 또 활기차게 일했습니다.

이사쿠, 다스케, 다로에몬, 이 세 사람은 어느 가을 끝 무렵, 언제나

처럼 등에 세 가마니씩 짊어지고 읍내로 떠났습니다. 세 사람이 마을을 나왔을 때는 아직 강물 위로 아침 안개가 끼어 있었고, 강변의 돌위에는 서리가 새하얗게 내려 있었습니다.

"오늘도 날씨가 좋겠군."
하고 이사쿠가 다리를 건너면서 혼잣말 하듯이 이야기하자 다른두 사람도 큰 목소리로,

"그러게, 날씨가 좋겠어."
하고 호흡을 맞춰가며 다리를 건너갔습니다. 세 사람은 평소처럼 숯을 다 판 후 마을 선술집에서 한 잔 마실 작정으로, 다른 생각 없이걸음을 재촉하며 길을 걷고 있었습니다.

이사쿠는 키가 크고 가장 튼튼한 남자로, 고개를 오를 때에는 두사람보다 먼저 앞서서 걸었습니다. 다스케와 다로에몬은 큰 목소리로 이야기를 나누며 언덕을 올라가고 있었습니다. 두 사람은 바닷가로 시집 간 동네 처녀가 남편을 잃고 돌아왔다는 이야기를 아주 정말큰 사건처럼 열심히 이야기했습니다.

고개 넘어 넓은 평원에서 시로시타까지, 십리 사방으로 논이 펼쳐져 있었고, 그 논에는 황금빛 벼가 빽빽이 여물어 있었습니다.

"이사쿠 걸음은 너무 빨라!"

라고 다스케가 다로에몬에게 말했습니다.

"그 녀석은 언덕 아래에서 담배 한 대 피고 있을 듯해."

다로에몬은 웃으며 말했습니다. 다스케와 다로에몬이 고개를 넘어 평원이 보이는 곳까지 왔을 때, 언덕 아래쪽에서 이사쿠가 열심히 두 사람을 보고 손을 흔들고 있는 모습을 보았습니다.

"무슨 일이지? 이사쿠, 우리를 부르는 건가?"

하고 다스케가 말했습니다. 다로에몬도 얼굴을 찡그리며 언덕 아래를 내려다 보았습니다.

"빨리 와, 빨리 와…… 신기한 것이 있어!"

라는 이사쿠의 목소리가 들렸습니다.

"신기한 것이 있대."

다스케가 웃으며 말하자 다로에몬도 입을 크게 벌리고 웃었습니다.

"이사쿠가 말하는 거, 별거 아닐걸!"

라고 다로에몬은 바싹 붙어 다스케와 함께 조금 서둘러 언덕을 내려갔습니다.

언덕 아래 쪽에서는 이사쿠가 자못 답답한 듯 두 사람이 내려오기만을 기다리고 있었습니다.

"속는 셈 치고 빨리 가보자!"

다스케는 숯가마니를 버석거리며 달려갔습니다. 다로에몬은 천성이 느긋했기에 다스케보다 조금 늦게 혼자 언덕을 내려왔습니다. 다로에몬이 이사쿠 곁에 도착했을 무렵, 이사쿠와 다스케는 소중하게 무언가를 들어 만지며 보고 있었습니다.

"뭐가 있었어?"

하고 다로에몬은 얼빠진 표정으로 두 사람 사이를 비집고 들어갔습니다.

"봐봐, 이런 게 있었어."

라고 이사쿠는 약간 몸을 비켜주며 다로에몬에게도 보여주었습니다.

"하하! 이게 웬일이야!"

라고 다로에몬은 소리쳤습니다. 세 사람 앞에는 태어난 지 3개월 정도밖에 안 된 갓난아기가 아름다운 옷감에 싸여 버려져 있었습니다. 이사쿠가 말하길, 이사쿠가 처음 발견했을 때에는 아기가 잘 자고 있었다고 합니다.

"도대체 누구 아기지? 얼굴이 잘생겼는데!"

다스케는 갓난아기의 얼굴을 쳐다보며,
"그러게, 좋은 옷을 입고 있으니 보통 아기는 아닌 것 같아. 그렇지만 아무 생각 없이 데려 갈 순 없어. 자칫 잘못 엮여서 감옥에라도 가면 큰일이야. 긁어 부스럼 만들지 말자고."
하고 말했습니다.

"그렇긴 한데, 가엽지 않아? 짐승에게 잡아 먹히진 않을까?"
라고 마음 약한 다로에몬이 말했습니다.

"아이도 가엾기는 한데, 근데 너무 좋은 입고 있지 않아?"
평소에도 약간 욕심이 많던 이사쿠는 갓난아기를 감싸고 있던 아름다운 옷감을 풀며 말했습니다. 그러자 아기의 배 부분에는 삼각형으로 꿰맨 전대가 감겨 있었습니다. 이사쿠는 아기 울음 소리도 들리지 않는 듯, 그 전대에서 지갑을 꺼내어 한쪽 끝을 잡고 돌리자 그 안에서 떡 하니 금화 뭉치가 튀어나왔습니다. 이를 본 다스케와 다로에몬은 깜짝 놀랐습니다.

"이게 도대체 무슨 일이래!" 다스케가 파랗게 질린 얼굴로 다로에몬을 보니, 다로에몬은 지금까지 이렇게 큰 돈을 본 적이 없었다며 가슴이 철렁 내려앉아 바들바들 떨고 있었습니다.

이사쿠의 제안으로 결국 세 사람은 그 아기를 거두기로 했습니다.

"어쨌든 이 돈은 내가 가지고 있을께."
하고 이사쿠가 얼른 허리춤에 차려고 하자, 그것을 본 다스케는 몹시 화를 내며 이사쿠와 싸우기 시작했습니다. 그리하여 이사쿠는 어쩔 수 없이 금화 열 장을 다스케에게 넘겨주었습니다. 그리고 다로에몬에게는 다섯 장만 건네주며,

"너에겐 자식이 없으니, 니가 이 아이를 키우면 되지 않아?"
라고 말했습니다.

다로에몬은 이사쿠에게,
"난 아기가 가여워서 데려가는 거지, 돈 때문에 아기를 데려가는 거 아냐."
라고 말하며 돈을 끝끝내 받지 않았습니다. 다스케는 다로에몬이 그 다섯 장을 받지 않으면 이사쿠가 다 가져가버릴 것을 알고 있었기에 다로에몬에게 꼭 돈을 받도록 설득했지만 그는 받지 않았습니다. 이사쿠는 다로에몬이 끝까지 받지 않았기에, 그 중 두 장은 다스케에게 주고 나머지 세 장은 원래 들어있었던 전대에 넣어 자기 허리춤에 찼습니다. 다스케도 두 장 더 받게 되어 기분이 나쁘지는 않았습니다. 세 사람은 읍내에 가지 않고, 그 날 다시 마을로 돌아와 버렸습니다.
다로에몬은 주운 갓난아기를 어떻게 키울까 하는 걱정을 하며 집

으로 돌아와 부인에게 갓난아이를 보여주었습니다. 다행히 아이가 없던 부인이 매우 기뻐했기에 안심했습니다. 하지만 이사쿠가 함구하라 하였기에 금화에 대해선 한마디도 하지 않았습니다. "만약 돈에 관한 일이 발각되면 세 사람 다 같은 죄로 감옥으로 가게 될 거야."라고 이사쿠는 순진한 다로에몬에게 말했습니다.

다로에몬과 다로에몬 부인은 아기를 바라보며 지금까지 한 번도 느껴보지 못한 기쁨을 느꼈습니다. 부인은 다로에몬에게,

"이 아이는 절에 있던 아이가 아닐까요?"
라고 말했습니다. 그 이유는 아기를 싸고 있던 옷감이 '단자'라는 훌륭한 옷감으로, 부인이 읍내의 절에서 한 번 본 적이 있기 때문이었습니다.

"말도 안돼, 절에서 왜 아이를 버리겠어!"
하고 다로에몬은 부인을 꾸짖었습니다.

그날 밤, 다로에몬 부부는 큰 가마솥에 물을 끓이고, 마구간 앞에서 아기를 목욕시키려고 했습니다. 부인은 무심코 갓난아기의 허리띠를 풀며 마구간을 향했는데, 큰 소매 안에서 종이 한 장이 떨어져 나왔습니다.

"뭐지!" 하고는 그 종이를 남편인 다로에몬에게 건넸습니다. 다로

에몬이 종이를 보니, 그 종이에는 아래와 같은 글자가 히라가나로 적혀 있었습니다.

"사정이 있어서 남자아이를 버리지만 정이 많은 분의 품에서 잘 자라렴. 찾기 전엔 나타나지 마라. 때가 되면, 봄 바람이 불어 올테니."

이 히라가나를 읽느라 부부는 밤을 새우고 말았습니다. 다로에몬이 읽었을 때와 부인이 읽었을 때 문구가 달랐기에 매우 어려웠습니다.

"어쨌든 주운 사람보고 잘 키워달라는 뜻이야."
다로에몬이 말하자, 부인도,

"맞아요., 맞아."
하고 동의했습니다.

두 사람은 그날 밤 주운 아기를 교대로 안고 잤습니다. 갓난아기의 부드러운 살결이 닿자 둘 다 말로 다 할 수 없이 좋았습니다. 밤이 되고 나서 아기가 두 번 정도 울어 두 사람은 그 때마다 바지런히 일어나 달래주고 기저귀를 갈아주어야 했기에, 해 뜰 무렵에야 잠을 청할 수 있었습니다. 부인이 일찍 일어나 덧문을 열자 따사로운 햇살이 비껴 들어왔습니다. 부인은 갑자기 자신이 위대한 사람이라도 된 것 같은 자랑스러운 기분이 들었습니다.

다로에몬도 품에 안겨 자고 있는 아기의 얼굴을 보고 있자니, 그 아이가 정말 자신의 아이인 것만 같았습니다.

"이것 봐, 애가 어찌 이리도 잘생겼대!"
하고 다로에몬은 아침 준비를 하고 있는 부인을 불러 아기의 얼굴을 보였습니다.

"정말 잘 생겼어. 이런 아이에게 농부를 시킬 수 있겠어?"
부인은 아기의 잠든 얼굴을 지그시 바라보며 말했습니다.

다로에몬이 아기를 주워왔다는 소문은 온 마을에 퍼졌습니다. 저녁이 되자 마을 아낙네들과 아이들이 아기를 보러 우르르 몰려왔습니다. 그리고 너무 아름다운 아이라며 모두 놀랐습니다.

"다로에몬씨, 정말 행복하겠어."
하고 입을 모아 이야기하며 돌아갔습니다.
지금까지 다로에몬은 단지 정직하다는 이유만으로 마을에서 제일 가난했고 항상 무시 받아왔지만, 아기를 데려온 후론 매우 활기차고 행복한 가정이 되었습니다. 하지만 다로에몬에게는 논밭이 없었는데 아이가 한 명 더 늘었기에 점점 더 가난해졌습니다. 그러나 다로에몬은 한 번도 불평한 적이 없었습니다. 밭을 갈 때도 산에서 숯을 구울 때에도 다로에몬은 아기를 생각하면 너무 기분이 좋았습니다. "빨리 일을 끝내고 아기 보러 가고 싶다." 하고 마음속으로 생각하며 일을 했습니다.

아이의 이름은 아침에 주워서 '아사타로'라고 지었는데, 그 아사타로도 이제 어느덧 네 살이 되었습니다. 생김새는 고왔지만 항상 논밭과 산으로 데리고 다니다 보니 얼굴이 까맣게 타 농부의 자식다운 얼굴이 되었습니다. 물론 옷도 농부의 자녀들이 입는 옷을 입었으니 정말이지 다로에몬 부부의 친자식이라 해도 전혀 이상하게 생각할 사람이 없을 정도였습니다.

이야기를 바꾸어, 그 다로에몬과 함께 아이를 발견했었던 이사쿠와 다스케는 어떻게 되었을까요? 이사쿠와 다스케는 그 후 점점 사이가 나빠져 항상 싸우기만 했습니다. 이사쿠는 어느 해 여름, 다리 부근에서 작은 선술집을 차렸는데 마을에는 술집이 전혀 없었기에 꽤 번창하여 돈을 많이 벌게 되었습니다. 이사쿠는 이제 논을 갈거나 숯을 굽지 않아도 잘 살 수 있게 되었습니다. 다스케는 그 무렵 마을 변두리에 작은 물레방앗간을 가지고 있었는데, 매일 이사쿠의 가게에 들러 술을 마시거나 건어물을 먹었지만 전혀 계산을 하지 않아 둘은 언제나 이 문제로 싸웠습니다. 두 사람은 다투었다 싶으면 화해를 하고, 화해했다 싶으면 또 다시 싸웠습니다.

마을 사람들은 그렇게 사이가 좋았던 이사쿠와 다스케가 왜 계속 싸우게 되었는지 그 이유를 아무도 알 수 없었습니다.

아사타로가 네 살이 되던 해의 초가을, 영주님의 신하인 대관님이 많은 부하들을 거느리고 빈 가마와 함께 이 외딴 마을을 찾아오셨습니다. 마을 사람들은 넋을 잃고 행렬을 지켜보았습니다. 그러자 그 일행은 마을 이장인 초자에몬의 집으로 우르르 들어갔습니다. 이장은 얼굴이 새파랗게 질린 채 대관님 앞에 나섰습니다.

"아직 단풍을 보러 오시기엔 이른 듯 합니다만, 도대체 무슨 일로 오셨습니까? 용무가 있으시다면 말씀해 주십시오."

하고 이장은 다다미 바닥에 머리가 닿도록 숙이며 인사했습니다. 그러자 대관님이 웃으시며,

"실은 오늘 특별히 할 얘기가 있어 왔는데 들어 줄 수 있겠느냐?"
하고 말했습니다. 초자에몬은 더욱 더 황송해하며,
"이거 정말 송구스럽습니다. 대관님 말씀이시라면 무엇이든 들어 드리지요. 부디 무엇이든 분부만 내려 주십시오."
라고 말했습니다.

"바로 이 마을에 아사타로라는 남자 아이가 있다던데 그 아이를 데려가고 싶네만."
하고 대관은 말을 꺼냈습니다.
"그게 말이야……" 한 뒤에 초자에몬은 정말로 무슨 말을 해야 할

지 몰랐습니다. 왜냐하면 다로에몬이 아사타로를 더할 나위 없이 사랑하고 있다는 것을 이장도 잘 알고 있었기 때문입니다. "실은" 하고 초자에몬은 조심스럽게 대관님의 얼굴을 올려다보며, "그 아이는 사정이 있어 다로에몬이라는 자가 주워와 지금까지 키웠기에……."라고 말하자 대관님은,

"그건, 나도 알고 있네. 알고 있기에 의논을 하는 것일세. 실은 그 아사타로라는 아이는 영주님의 후계자이신 요시마쓰님이라는 분이라네. 이렇게 말하면 자네도 놀랄 테시만, 영주님의 잘못으로 그 아이가 나쁜 자의 손에 죽어야만 했던 처지에 놓여 있었기에, 여러 고심 끝에 이 산골짜기에 버려 성실한 농부의 손에 맡긴 것일세. 그 증거는 아이를 주운 자가 소지하고 있을 걸세. 어쨌든 한시라도 빨리 요시마쓰 영주님을 뵙고 싶네만."
하고 아주 진지한 어조로 말했습니다.

마을이장 초자에몬은 처음으로 사정을 알게 되었기에 바로 다로에몬을 찾아가, 잘 보관해 두었던 종이를 꺼내어 다로에몬과 아사타로를 데리고 대관님에게로 갔습니다. 그러자 대관님과 부하들은 집 밖으로까지 마중 나와 아사타로를 도코노마*에 앉혀 놓고는 큰절을 올렸습니다. 다로에몬은 이장으로부터 대충 이야기를 전해 들었지만

---

* 일본식 방의 한 쪽에 조금 높게 만들어 족자와 꽃병 등을 장식하는 곳.

이 모습을 보고 깜짝 놀랐습니다. 아사타로는 아무것도 몰랐기에 사람들의 얼굴을 두리번거리며 쳐다보고만 있었습니다.

그날 저녁 해질녘쯤, 아사타로 즉 요시마쓰 영주님은 둥근 모란 문장이 찍힌 훌륭한 가마를 타시고 영주님의 성 쪽을 향해 가셨습니다. 대신 다로에몬 부부에게는 막대한 돈이 하사되었습니다.

"참으로 경사스러운 일일세. 너네 아사타로가 영주님이 되시지 않았나?"
하고 마을 이장인 초자에몬이 가마가 보이지 않을 무렵, 다로에몬에게 말하자 다로에몬 눈에는 눈물이 가득 고여 있었습니다.

"뭐가 경사스럽다는거요…… 이장님, 다음 생에라도 좋으니, 영주님이 싫어지면 언제든지 우리 집으로 돌아오라고 얘기해 줘요!"
라고 말하며 하염없이 눈물을 흘리고 있었습니다.

아리시마 다케오(有島武郎, 1878~1923)

일본의 소설가. 도쿄 출생. 기독교계 학교이며 외국인이 많았던 요코하마에이와학교(横浜英和学校) 및 가쿠슈인(学習院) 중등과를 거쳐 삿포로농학교(札幌農学校, 현 홋카이도대학[北海道大学]) 졸업. 미국의 하버드대학(Harvard University)에서 역사와 경제학 수학. 이상주의를 표방한 문학잡지 『시라카바』(白樺)의 동인으로 문필 활동. 45세에 정부와 자살. 대표작으로 『카인의 후예』(カインの末裔), 『어떤 여자』(或る女) 등.

아리시마 다케오

한 송이의 포도

1.

나는 어린 시절 그림 그리는 것을 좋아했습니다. 내가 다니던 학교는 요코하마의 야마노테라는 곳에 있었는데, 그 근방은 서양인들만 사는 동네여서 우리 학교도 선생님은 서양인 뿐이었습니다. 나는 등하교길에는 항상 호텔이나 서양인 회사들이 늘어서 있는 해안도로를 지나 다녔습니다. 해안도로에 서서 보면 짙푸른 바다 위로 군함과 상선들이 가득 늘어서 있고, 굴뚝에서 연기 나는 배와 돛대에 만국기를 걸어놓은 배도 있어서 그것이 눈이 시리도록 아름다웠습니다. 나는 해안가에 서서 자주 그 경치를 바라봤고, 집에 돌아오면 기억하고 있는 것을 가능한 아름답게 그림으로 그려보려고 했습니다. 하지만 그

투명한 바다의 남빛과 하얀 돛단배 등이 있는 해안을 장식한 양홍색*
은 내가 가지고 있는 물감으로는 어떻게 해도 잘 표현할 수가 없었습
니다. 아무리 그려도 실제 풍경과 같은 색으로는 그려낼 수가 없었습
니다.

문득 나는 학교 친구가 가지고 있는 서양 물감이 생각났습니다. 그
친구는 물론 서양인으로 나보다 나이가 두 살 정도 많아 키가 아주
큰 아이였습니다. 짐이라고 하는 그 아이가 가지고 있는 물감은 고급
수입품으로 가벼운 나무 상자 속에 열두 가지 색의 물감이 삭은 벽처
럼 네모난 모양으로 굳혀져 두 줄로 가지런히 들어 있었습니다. 모든
색깔이 아름다웠지만 특히 감색과 양홍색은 깜짝 놀랄 만큼 아름다
웠습니다. 짐은 나보다 키가 컸지만 그림 솜씨는 별로였습니다. 그럼
에도 그 물감을 사용하면 잘 못 그린 그림조차도 몰라 볼 정도로 아
름다워 보입니다. 나는 항상 그것이 부러웠습니다. 저런 물감만 있으
면 나도 바다 경치를 실제 바다처럼 그려 낼 수 있을텐데 하며 나의
좋지 못한 물감을 원망했습니다. 그러자 그날부터 짐의 물감이 갖고
싶어 안달이 났습니다. 그러나 나는 왠지 모르게 겁이 나서 아빠, 엄
마에게는 사 달라고 조르지 못하고, 매일매일 마음 속으로만 그 그림
물감을 생각하면서 며칠을 보냈습니다.

---

* 연지벌레로 만든 붉은색. 빨강의 순색과 비슷하나 채도가 약간 약한, 서양에서 건
너온 홍색.

언제쯤이었는지 잘 생각이 나지 않지만 아마도 가을이었던 것 같습니다. 포도송이가 익어 가고 있었으니까요. 날씨는 겨울이 오기 전 가을 날이 흔히 그렇듯 하늘 속의 속까지 보일 정도로 아주 맑은 날씨였습니다. 우리들은 선생님과 함께 도시락을 먹었는데 그 즐거운 점심 시간 중에도 나의 마음은 어쩐지 불안하고 그 날의 하늘과는 정반대로 어두웠습니다. 나는 혼자서 생각에 잠겼습니다. 누군가가 유심히 봤다면 내 얼굴도 틀림없이 파랗게 질려 있었을지 모릅니다. 나는 짐의 그림물감이 갖고 싶어서 견딜 수 없었습니다. 가슴이 시릴 정도로 가지고 싶어졌습니다. 짐이 내가 마음 속으로 그런 생각을 하고 있는 것을 알아챘을 지도 모른다고 생각하여 살짝 그의 얼굴을 보았더니, 짐은 아무것도 모르는 것처럼 웃으면서 옆에 앉아 있는 친구와 재미있게 이야기를 하고 있는 것입니다. 하지만 그 웃고 있는 모습이 내 생각을 눈치채서 웃고 있는 것처럼도 보이고, 뭔가 이야기를 하고 있는 모습이 "어디 두고 봐. 저 일본인이 내 그림물감을 틀림없이 훔쳐갈거야"라고 말하고 있는 것처럼도 보였습니다. 나는 기분이 나빠졌습니다. 그렇지만 짐이 나를 의심하고 있는 것처럼 보이면 보일 수록 나는 그 물감이 가지고 싶어서 견딜 수가 없었습니다.

2.

나는 얼굴은 귀여운 편이었지만 몸과 마음이 연약한 아이였습니다. 게다가 겁쟁이라서 하고 싶은 말도 제대로 못하는 성격이었습니다. 그래서 별로 사람들로부터 귀여움도 받지 못했고 친구도 없는 편이었습니다. 점심을 먹고 나면 다른 아이들은 운동장으로 뛰어나가 놀기 시작했지만, 나는 이상하게 그 날따라 마음이 우울해서 혼자 교실로 들어갔습니다. 바깥이 밝은 만큼 교실 안은 컴컴해서 마치 내 마음 속과 같았습니다. 나는 내 자리에 앉아 있었지만 시선은 가끔 짐의 책상 쪽을 향했습니다. 온갖 낙서가 칼로 새겨져 있고 손때로 새까매져 있는 저 덮개를 열면, 그 안에는 책과 공책, 석판과 함께 나무색 그림물감 상자가 있을 거야. 그리고 그 상자 속에는 작은 먹 모양의 감색과 양홍색 그림물감이…… 니는 얼굴이 빨갛게 달아오르는 느낌이 들어서 그만 고개를 돌려 버렸습니다. 그렇지만 금방 다시 곁눈으로 짐의 책상 쪽을 바라 볼 수밖에 없었습니다. 가슴이 두근거려 괴로울 정도였습니다. 꼼짝 않고 앉아 있으니 꿈 속에서 도깨비에게 쫓기는 것처럼 마음만 조급해 졌습니다.

교실에 들어가라는 종소리가 땡 하고 울렸습니다. 나는 깜짝 놀라 벌떡 일어섰습니다. 학생들이 커다란 소리로 떠들면서 화장실로 손을 씻으러 가는 것이 창문 너머로 보였습니다. 나는 갑자기 머리 속이 얼음처럼 차가워지는 느낌이 들면서 비틀비틀 짐의 책상 쪽으로 가서, 반쯤 꿈을 꾸 듯 그 덮개를 열어 봤습니다. 그 곳에는 내가 생각했던 대로 공책, 연필통과 함께 눈에 익은 물감 상자가 있었습니다. 무엇을 위해서인지 모르겠지만, 나는 주위를 이리저리 둘러보며 아무도 보고 있지 않은 것을 확인한 후에 재빨리 그 물감 상자를 열어 감색과 양홍색 물감만 집어서 주머니 안에 넣었습니다. 그러고는 서둘러서 항상 줄을 서서 선생님을 기다리는 곳으로 뛰어갔습니다.

우리는 젊은 여자 선생님을 따라 교실로 들어와 각자의 자리에 앉았습니다. 나는 짐이 어떤 얼굴을 하고 있는지 보고 싶어서 못 견딜 지경이었지만, 차마 그쪽을 쳐다볼 수가 없었습니다. 그래도 내가 한 짓을 아무도 눈치 채지 못한 것 같아서 기분이 안 좋으면서도 안심이 되었습니다. 내가 아주 좋아하는 젊은 여자 선생님의 말씀은 무슨 말인지 들어도 하나도 알아들을 수가 없었습니다. 선생님도 가끔씩 이상하다는 듯 내 쪽을 바라보는 것 같았습니다.

그러나 난 선생님의 눈을 보는 것이 그날따라 싫었습니다. 그렇게 한시간이 지났습니다. 왠지 모두들 귓속말을 하는 것 같다는 생각이 드는 한 시간이었습니다.

수업이 끝나는 종이 울리자 나는 안도의 한숨을 내쉬었습니다. 그런데 선생님이 나가자마자 우리 반에서 제일 크고 공부도 잘하는 아이가 다가와, "잠깐 이리 나와!" 하면서 내 팔꿈치를 잡아 끌었습니다. 나는 숙제를 안 했는데 선생님께 지명을 당했을 때처럼 가슴이 철렁 내려앉기 시작했습니다. 하지만 나는 가능한 모르는 체 해야겠다고 생각하며 일부러 아무렇지도 않은 얼굴을 하고 어쩔 수 없이 운동장 구석으로 끌려갔습니다.

"너 짐의 물감을 가지고 있지? 이리 내놔."

라면서 그 아이는 내 앞에 손을 커다랗게 펼쳐 내밀었습니다. 그런 말을 듣자 나는 오히려 마음이 차분해지면서,

"그런 걸 내가 갖고 있을 리 없잖아."

하며 그만 거짓말을 하고 말았습니다. 그러자 서너 명의 친구와 함께 옆에 있던 짐이,

"난 점심시간 전에 틀림없이 물감 상자를 확인했거든. 하나도 빠짐없이 다 있었어. 그런데 점심시간이 끝나고 두 개가 없어졌어. 그 시간에 교실에 있던 사람은 너밖에 없잖아."

하고 조금 떨리는 목소리로 말했습니다.

나는 이제 들켰다는 생각에 갑자기 머리 속으로 피가 흘러 들어가 얼굴이 새빨개지는 느낌이었습니다. 그러자 누구였는지 거기에 서 있던 한 아이가 갑자기 내 수머니에 손을 집어 넣으려고 했습니다. 나는 필사적으로 막으려고 했지만 수적으로 불리해서 도저히 감당할 수가 없었습니다. 내 주머니 속에서 순식간에 유리구슬과 딱지와 함께 두 개의 그림물감이 나왔습니다. "거 봐."라고 말하는 듯 아이들은 얄미운 듯 내 얼굴을 노려보고 있었습니다. 내 몸은 후들후들 떨리고 눈 앞이 깜깜해 졌습니다. 좋은 날씨에 다른 아이들은 쉬는 시간을 즐겁게 놀면서 보내고 있는데, 나만 정말 풀이 죽어 있었습니다. 그런 짓을 왜 해버렸을까. 돌이킬 수 없는 일이 되어 버렸어. 이제 난 끝났다. 그런 생각이 드니 겁쟁이였던 나는 무섭고 슬퍼서 훌쩍훌쩍 울고 말았습니다.

"울어 봤자 소용없어." 하고 공부 잘하는 키 큰 아이가 무시하듯 증오에 찬 목소리로 말하면서, 버티고 서 있는 나를 2층으로 끌고 가려고 했습니다. 나는 끌려 가지 않으려고 버텼지만 결국 힘에 부쳐 계단으로 끌려 올라가게 되었습니다. 그 곳에는 내가 좋아하는 담임 선

생님의 방이 있습니다.

이윽고 짐이 그 방문을 노크했습니다. 안에서 상냥하게 "들어와요." 라고 말하는 선생님의 목소리가 들려왔습니다. 나는 그 방에 들어갈 때가 그때처럼 싫었던 적이 없었습니다.

종이에 뭔가 끄적이고 있던 선생님은 우르르 들어간 우리들을 보자 조금 놀란 듯 했습니다. 여자 선생님은 남자처럼 짧게 자른 머리를 오른손으로 만지면서, 여느 때와 같은 상냥한 얼굴로 이쪽을 향해 무슨 일이냐는 듯 고개를 약간 갸우뚱하셨습니다. 그러자 공부 잘하는 키 큰 아이가 앞으로 나가, 내가 짐의 물감을 훔친 것을 선생님께 자세히 일러 바쳤습니다. 선생님은 조금 어두운 표정을 짓고는 모두의 얼굴과 반쯤 울상이 된 내 얼굴을 번갈아가며 보시곤, 내게 "그게 사실입니까?"라고 물었습니다. 사실이었지만 내가 그런 나쁜 사람이라는 것을 내가 좋아하는 선생님이 알게 되는 것은 너무 고통스러웠습니다. 나는 대답 대신 정말로 울음을 터뜨리고 말았습니다.

선생님은 한동안 나를 바라보시더니 이윽고 아이들에게 조용한 목소리로 "이제 나가도 됩니다."라면서 모두를 내보냈습니다. 아이들은 조금 불만스러운 듯 우르르 아래층으로 내려가 버렸습니다.

선생님은 잠시 동안 아무 말씀없이 내 쪽도 보지 않고 자신의 손톱을 바라보고 계시더니, 이윽고 조용이 일어서서 내 어깨를 감싸 안으며,

"물감은 이제 돌려 주었지?"

하며 작은 목소리로 말씀하셨습니다. 나는 돌려 준 것을 확실하게

선생님께 알리기 위해 고개를 크게 끄덕거렸습니다.

"자신이 한 일이 나쁜 행동이었다고 생각하고 있니?"

다시 한번 선생님이 말씀하셨을 때 나는 더 이상 견딜 수가 없었습니다. 부들부들 떨리는 입술을 아무리 깨물어도 울음이 새어 나오고, 눈에서는 눈물이 하염없이 쏟아지는 것이었습니다. 그냥 이대로 선생님께 안긴 채로 죽어버렸으면 좋겠다는 생각이 들 정도였습니다.

"이제 울지 마. 잘 알았으면 그걸로 됐으니까 우는 것은 그만합시다.

다음 시간에는 교실로 가지 않아도 되니까 내 방에 있어. 조용히 여기 있어.

내가 교실에서 돌아올 때까지 여기에 있어. 알겠지?"

라고 말씀하시면서 나를 긴 의자에 앉히고는 수업 시작을 알리는 종소리가 나자 책을 들고 내 쪽을 잠시 바라보시다가, 2층 창문 높이까지 자란 포도 덩굴에서 서양 포도 한 송이를 따서 훌쩍훌쩍 울고 있는 내 무릎 위에 놓고 조용히 방을 나가셨습니다.

3.

떠들썩하던 아이들은 모두 교실로 들어가고 갑자기 주위가 조용해졌습니다. 나는 외로워서 어쩌지 못할 정도로 슬퍼졌습니다. 그렇게나 좋아하는 선생님을 괴롭게 했다고 생각하니 나는 정말 나쁜 짓을 했다는 생각이 들었습니다. 포도 같은 건 먹고 싶지도 않았고 하염없이 울기만 했습니다.

문득 나는 어깨를 가볍게 흔들며 눈을 떴습니다. 나는 선생님 방에서 어느새 울다 지쳐 잠이 들었었나 보입니다. 약간 마르고 키가 큰 선생님은 웃는 얼굴을 보이며 나를 내려다보고 계셨습니다. 나는 잠이 들었기 때문에 기분이 좋아져서 지금까지 있었던 일을 잊어버리고 조금 부끄러운 듯 웃음 지었습니다. 무릎 위에서 미끄러져 떨어지려는 포도송이를 허둥거리며 붙잡는 순간 슬픈 기억이 떠올라 웃음이 사라졌습니다.

"그런 슬픈 얼굴은 하지 않아도 돼. 이제 모두들 돌아갔으니 너도 집으로 돌아가렴. 그리고 내일은 무슨 일이 있어도 학교에 나와야 한다. 네 얼굴을 보지 못하면 난 무척 슬플 테니까. 꼭 이다."

그렇게 말씀하시면서 선생님은 내 가방 속에 포도송이를 슬그머니 넣어 주셨습니다. 나는 여느 때처럼 해안도로를 따라 바다와 배를 별 감흥없이 바라보면서 집으로 돌아왔습니다. 그리고 포도를 맛있게 먹어 버렸습니다.

그런데 다음날이 되자 나는 좀처럼 학교에 갈 기분이 들지 않았습니다. 배가 아프거나 두통이 나면 좋겠다고 생각했지만 그날따라 충치 하나 아프지 않았습니다. 할 수 없이 집을 나섰지만 생각에 잠겨 학교로 걸어갔습니다. 도저히 교문을 들어설 수는 없다는 생각이 들었습니다. 하지만 선생님이 헤어질 때 하신 말씀이 떠오르며, 나는 선생님의 얼굴만은 어떻게든 보고 싶었습니다. 내가 가지 않으면 선생님은 슬퍼하실 게 틀림없어. 다시 한번 선생님의 다정한 눈길을 받고 싶어. 그저 그 한 가지 생각만으로 나는 교문을 들어섰습니다.

그런데 이게 어찌된 일입니까. 우선 제일 먼저 기다렸다는 듯이 짐이 달려와서 내 손을 잡아 주었습니다. 그리고 어제 일은 전부 잊어버린 것처럼 친절하게 내 손을 잡고 당황하는 나를 선생님의 방으로 데려 갔습니다. 나는 무슨 영문인지 몰랐습니다. 학교에 가면 모두들 멀리서 내 쪽을 보며,

"봐봐. 도둑질하는 거짓말쟁이 일본인이 왔다."

라고 욕할 것으로 생각했는데, 이런 식이 되니 오히려 불안해질 정도였습니다.

두 사람의 발 소리를 들었는지 선생님은 짐이 노크도 하기 전에 문을 열어 주셨습니다. 우리 둘은 방 안으로 들어갔습니다.

"짐. 넌 좋은 아이구나. 내 말을 잘 알아들었구나. 짐은 이제 너의 사과를 받지 않아도 된다고 했어. 둘은 지금부터 좋은 친구가 되면 그것으로 되는 거야. 둘이 멋지게 악수하렴."

하며 선생님은 싱글벙글 웃으시고 우리 둘을 마주보게 했습니다. 내가 쭈뼛쭈뼛 머뭇거리자 짐이 내 손을 먼저 끌어당기고는 꼭 잡아 주었습니다. 나는 어떻게 이 기쁨을 표현해야 할지 몰라서 그저 부끄러워하며 웃을 수밖에 없었습니다.

짐도 기분이 좋은 듯 웃어 주었습니다. 선생님은 미소를 지으며 내게,

"어제 포도는 맛있었니?"라고 물었습니다. 나는 얼굴이 새빨개져서 "네."

라고 자백할 수밖에 없었습니다.

"그러면 또 줄게."

그렇게 말씀하시고는 선생님은 새하얀 리넨 옷을 입은 몸을 창가에 내밀고는 포도 한 송이를 따서 새하얀 왼손 위에 그 보라색 포도송이를 올려놓으시더니, 가늘고 긴 은색 가위로 포도를 반으로 잘라 짐과 내게 나눠 주셨습니다. 새하얀 손바닥에 보라색 포도 알이 포개져 놓여 있던 그 아름다움을 나는 지금도 선명하게 기억할 수 있습니다.

나는 그때부터 전보다 조금 더 착한 아이가 되었고 조금은 부끄러움을 덜 타게 되었습니다.

그런데 내가 좋아하던 그 선생님은 어디로 가셨을까요. 이젠 두 번 다시 만날 수 없다는 걸 알면서도 나는 지금도 그 선생님이 계셨으면 좋겠다고 생각합니다. 가을이 되면 포도송이는 언제나 보라색으로 물들어 아름답게 향기를 뿜는데, 그것을 들고 있던 대리석같이 하얀 아름다운 손은 어디서도 찾아볼 수 없습니다.

시마자키 도손(島崎藤村, 1872~1943)

일본의 시인, 소설가. 기후현(岐阜県) 출생. 메이지가쿠인(明治学院, 현 메이지가쿠인대학[明治学院大学])의 제1기 졸업생. 낭만주의 시로 출발하여 자연주의 소설의 대표적 작가가 됨. 시집 『와카나슈』(若菜集, 1897), 소설 『파계』(破戒, 1906) 등이 대표작.

시마자키 도손

행복

'행복'은 여러 집을 방문했습니다.

그 누구도 행복을 원치 않는 사람은 없을테니, 어느 집을 찾아가도 모두가 크게 기뻐하며 환영해 줄 것임에 틀림없습니다. 그런데 그렇게 되면 사람의 마음을 잘 알 수가 없습니다. 그래서 '행복'은 가난한 거지처럼 복장을 했습니다. 누군가 물으면 자신은 '행복'이라고 말하지 않고 '가난'이라고 말할 생각이었습니다. 그렇게 가난한 복장을 하고 있어도, 그럼에도 자신을 잘 반겨주는 사람이 있다면 그 사람이 있는 곳에 행복을 나눠주고 올 생각이었습니다.

'행복'은 여러 집으로 찾아갔는데, 먼저 강아지를 키우는 집이 있었습니다. 그 집 앞에 '행복'은 섰습니다.

그 집 주인은 '행복'이 온 것을 모르고, 가난한 거지가 집 앞에 있는 것을 보고,

"당신은 누구입니까?"라고 물었습니다.

"나는 '가난'입니다."

"아, '가난'입니까? 우리 집은 '가난'을 거절하겠습니다."
라고 이 집주인은 문을 쾅 하고 닫아 버렸습니다. 그 소리에 놀라 그 집에서 키우고 있는 강아지가 쫓아내 듯 무섭게 짖었습니다.

'행복'은 얼른 미안하다고 하며, 이번에는 닭을 키우고 있는 집 앞에 섰습니다.

그 집주인도 '행복'이 온 것을 알지 못했던 것처럼 보였고, 반갑지 않은 녀석이 집 앞에 서 있는 것을 보고 얼굴을 찡그리며,

"당신은 누구입니까?"라고 물었습니다.

"나는 '가난'입니다."

"아, '가난'입니까? 우리 집에 '가난'은 이미 많습니다."

하며 이 집주인은 깊은 한숨을 내쉬었습니다. 그러다가 자신이 키우고 있는 닭을 문득 바라보며, 가난한 거지처럼 보이는 자가 자신의 닭을 훔쳐 가는 것은 아닌지 걱정을 했겠지요.

"꼬, 꼬, 꼬, 꼬."
그 집의 닭은 경계심 많은 소리를 내며 울었습니다.
'행복'은 다시 그 집에도 미안하다며, 이번에는 토끼를 키우고 있는 집의 앞에 가서 섰습니다.
"당신은 누구입니까?"

"저는 '가난'입니다."

"아, '가난'입니까?"
라고 말하며 그 집주인이 나와 보니, 거지와 같은 행색을 한 자가 앞에 서 있었습니다. 그 집주인은 '행복'이 온 것은 모르는 것 같았지만, 자비를 베풀어 부엌에서 주먹밥을 하나를 들고 나와,

"자, 이것을 드세요."
라고 말해 주었습니다. 그 집주인은 노란 단무지까지 내어 주었습니다.

"쿨, 쿨, 쿨"

토끼는 코 고는 소리를 내며 아주 즐겁게 낮잠을 자고 있었습니다.

'행복'은 그 집주인의 마음을 잘 알았습니다. 주먹밥 한 개, 단무지 한조각으로도 사람의 속 마음을 알 수 있는 것입니다. 그것을 기쁘게 생각하며 토끼를 키우고 있는 집에 행복을 나눠주고 왔습니다.

사토 하루오(佐藤春夫, 1892~1964)

일본의 시인, 작가. 와카야마현(和歌山県) 출생. 게이오대학(慶應義塾大学) 문학부 중퇴. 청신한 시와 독특한 분위기의 소설을 중심으로 문예 평론·수필·동화·희곡·평전·번역 등 다방면에 걸쳐 왕성하게 활동. 생애를 통해 수많은 저작을 남김. 대표작으로 「전원의 우울」(田園の憂鬱) 등이 있음.

사토 하루오

메뚜기의 대여행

나는 작년 이맘때 대만으로 여행을 갔다.

대만은 물론 매우 더운 곳이지만, 대신 남쪽에서는 여름 내내 거의 매일 소나기가 내리고 저녁에는 멀리 바다를 건너 좋은 바람이 불어와서 꽤나 시원하다. 소나기가 지나간 뒤에는 여기 말고는 좀처럼 볼 수 없는 선명하고 아름다운 무지개가 하늘 가득 다리를 놓는다. 그 둥근 다리 아래를 백로가 무리를 지어 날고 있다. 다홍색과 노란색의 형형색색 꽃들이 곳곳에 잔뜩 피어있다. 눈이 부실만큼 선명한 색을 띄고 있다. 또한 말리, 응조화, 재스민처럼 비록 선명한 색을 띄지는 않지만 지독하게 달달한 향을 지닌 꽃들도 잔뜩 피어있다. 우리에게 낯선 종의 작은 새들도 여럿 있는데 모두 기분 좋은 고음으로 지저귀고 있다. 무슨 새인지 모르지만 사랑을 속삭이듯이 "나는 너를 좋아해."라는 듯 지저귀는 새도 있었다. ⋯⋯이렇게 글을 쓰고 있는 지금도 대만에서의 여러가지 추억들이 생각나서 다시 한번 가보고 싶은 마음이 든다. 대만은 꽤나 재미난 곳이다.

내가 대만 여행 중에 만난 '진짜 동화' 이야기를 해보려고 한다.

나는 남쪽에 있었기 때문에 중심부로 돌아오는 길에, 남쪽에서 북쪽으로 여기저기 구경을 했다. 아리산(阿里山)의 유명한 삼림은 꼭 가봐야겠다고 생각했는데, 그 약2주 전에 대만 전국에 몰아친 큰 폭풍우로 인해 아리산의 등산 철도가 심하게 훼손되는 바람에 나는 결국 그곳에는 가지 못했었다. 그래서 이번에 바로 그 산을 갈 생각으로 자이(嘉義)라는 도시에 간 것이었는데, 거기서 그냥 이틀을 묵고, 아침 다섯 시 반경 기차로 마을을 출발했다.

날씨가 좋았다. 더구나 이른 아침이었기 때문에 시원하면서 뭔가 말로 표현 못 할 즐거운 기분이 들었다. 어릴 때 소풍 가는 날의 아침이 떠올라 마음이 용솟음쳤다. 큰 대나무 숲 그늘의 웅덩이에 하얀 수련 꽃이 떠 있는 모습을 바라보면서 아침 바람을 가로질러 기차가 달렸다.

아마도 자이에서 두 정거장 뒤의 역이었을 것이다. 기차가 정차했고, 밖을 내다보니 붉은 벽돌의 커다란 굴뚝이 있어 그곳은 공장 마을로 보였다. 그 근처에 커다란 굴뚝 있다는 것은 십중팔구 설탕 회사

공장일 것이다. 그때 그곳의 승강장에는 마흔 다섯에서 여섯 정도로 보이는 신사가 서 있었는데, 그는 내가 있는 열차에 탔다. 그를 따라 짐꾼이 큰 가방을 운반했다. 그 뒤에 또 다른 조금 더 젊은 신사 한명이 올라탔다. 나이가 든 신사는 바로 나의 맞은편 자리에 앉았다. 이 사람은 덩치가 있고 뚱뚱해서 아마도 회사의 임원일 것이라는 생각이 들었다. 짐꾼 뒤에 온 신사는 초라하고 홀쭉한 사람인데, 이 사람은 자리에 앉지 않고 그 뚱뚱한 신사 앞에 선 채로 몇 번이고 계속해서 고개를 숙였다. 이 사람도 아마 같은 회사 사람으로 상사를 배웅하러 온 것임에 틀림없을 것이다. 이는 이 두 사람의 풍채나 태도를 견주어 보면 잘 알 수 있었다. 뚱뚱한 신사가 쇠장식을 달아맨 옷 사이로 배를 내밀고 뭔가 한 마디 하자, 홀쭉한 신사는 두 번 연속해서 고개를 숙였다. 기차는 약 5분간 정차하며 좀처럼 출발하지 않았다. 두 명의 신사는 이제 할 말도 없는 것처럼 보였고, 마른 사람은 출발 신호가 있을 때까지 그곳에 계속 서 있을 것처럼 보였다. 그는 기차 바닥을 바라본 채 할일 없이 본인의 밀짚 모자를 만지작거리고 있었다.

나는 아까부터 이 두 신사를 보고 있었는데, 홀쭉한 신사가 심심풀이로 만지작거리고 있던 밀짚 모자를 별 생각 없이 바라보다가 모자 머리 모서리에 메뚜기가 한 마리 가만히 매달려 있는 것을 발견했다. 메뚜기는 모자가 움직여도 별로 당황하는 기색 없이 가만히 있었다. 지금 이 홀쭉한 신사가 자신의 모자에 앉은 곤충을 눈치채고 손으로 치우지는 않을까 메뚜기가 걱정되었지만, 다행히 모자 주인은 전혀 눈치 채지 못한 듯 했다.

갑자기 기차 출발 음이 울려와 홀쭉한 신사는 당황하며 뚱뚱한 신사에게 다시 한번 인사를 하고 그 밀짚 모자를 쓰고 급히 돌아섰다. 그 찰나 지금까지 가만히 있던 메뚜기는 낡은 밀짚 모자에서 갑자기 기운차게 크게 날아올라 청색 융단 좌석 위로 단숨에 뛰어 내렸다.

"다나카 군!"

뚱뚱한 신사가 갑자기 뭔가 생각이 난 듯, 내 옆의 창문 밖으로 목을 내밀고 홀쭉한 신사를 불렀을 때에 이미 기차는 덜그럭 소리를 내며 움직이고 있었다. 그러나 뚱뚱한 신사가 황급히 일어나도, 기차가 움직여도, 뚱뚱한 신사가 다시 좌석이 움푹 꺼지도록 큰 엉덩이를 털썩거리며 앉아도, 이등실의 한구석 딱 나의 정면에 자리를 차지한 메뚜기는 조금도 놀라지 않았다. 메뚜기는 긴 두 다리를 말끔하게 나란히 세우고 그 뚱뚱한 신사 옆 자리에서 그 신사보다도 훨씬 더 신사답게 점잖게 앉아 있었다.

기차에 올라탄 메뚜기를 보는 것은 태어나서 처음이다. 아이처럼 순수한 마음이 든 나는 다나카 군의 모자에서 기차로 환승한 메뚜기를 생각하면 웃음이 나와 입 주변이 꿈틀꿈틀 움직인다. 나는 포복절도하고 싶은 기분을 참으며, 그 메뚜기에서 잠시도 눈을 떼지 않았다. 도대체 이 메뚜기는 어디에서 어떤 식으로 다나카 군의 모자에 올라탄 것일까? 그러고 나서 이 기차를 타고 어디까지 가는 것일까? 타이 중(台中)의 주변은 쌀의 산지여서 곧 수확기가 가까워졌기 때문에, 그 지방으로 출장을 가는 것일까? 아니면 어딘가 먼 친척집을 방문하는 것일까? 그것도 아니면 단지 변덕스러운 여행인 것일까?

기차는 다음 정거장에 도착했다. 네 다섯 명이 기차로 올라 탔다. 이 역에서 내린 사람도 있었다. 그러나 메뚜기는 가만히 있었고 아직 더 멀리 갈 마음인 것 같았다. 그 다음 정거장에서도, 그 한 정거장 더 뒤에서도 메뚜기는 내리지 않았다. 역시나 처음과 같은 모습으로 바르고 조신하게 자리에 앉아 있었다. 신문 읽는 데에 정신이 팔린 승객들은 누구 하나 이 색다른 작은 승객을 눈치채지 못했다. 이것이 결국 이 작은 승객에게는 행운인 것이겠지.

그나저나 이 메뚜기는 어디까지 멀리 갈 생각인 걸까? 여기까지 온 것도 인간에게는 아무것도 아닌 거리이지만, 메뚜기에게는 내가 도쿄에서 대만으로 온 만큼의 여행인지도 모른다. 그리고 나는 이런 생각이 들었다. 내가 도쿄에서 대만으로 온 것도 세계를 돌아다닌 사람에게는 단지 작은 여행에 지나지 않을 것이다. 게다가 인간보다 더 거대한 존재—그것이 무엇인지는 모르지만, 만약 그런 자가 존재해서 다양한 세계의 별을 몇 개나 돌고 왔다고 하면, 그 존재에게 인간의 세계 여행 따위는 단지 작은 별을 한 번 도는 대수롭지 않은 작은 여행에 지나지 않겠지. 메뚜기의 눈에 인간은 보이지 않을지도 모른다. 마찬가지로 인간의 눈에는 인간보다 훨씬 큰 것은 보이지 않을지도 모른다. 우리들이 기차라고 부르고 있는 이곳은 어쩌면 우리들은 눈치채지 못할 정도로 크고 비범한 자의 '다나카 군의 밀짚모자' 일지도 모른다.

내가 이런 생각을 하고 있는 동안, 기차는 달리고 달려서 이윽고 내가 내려야 하는 얼빠수이(二八水) 역*에 이르렀다. 나는 짐을 챙겨 맞은편에 앉아 있는 그 색다른 여행객 쪽으로 다가섰다.

"아, 메뚜기 군, 힘든 대여행(大旅行)이시 않습니까? 당신은 노대체 어디까지 가는 것입니까? 이대로 가면 지룽(基隆)까지 갑니다. 지룽에서 배로 중심부로 들어 가십니까? 아니면 혹시 목적 없는 변덕스런 여행입니까. 그렇다면 어떻습니까? 저도 여행가입니다만, 저와 함께 이팔수 역에서 내리지 않겠습니까? 거기서 저는 르웨탄(日月潭) 이라는 명소를 구경갈 건데, 당신도 같이 가지 않겠습니까? "

나는 마음 속으로 메뚜기에게 이렇게 외치면서 이 작은 대여행가에게 녹색 안감이 있는 헬멧을 뒤집어 그 녹색 쪽을 보여주며 같이 가자고 해보았다. 나는 이 여행가가 늘 녹색을 사랑한다는 것을 알고 있으니까. 그러나 메뚜기는 다른 용무가 있는지, 르웨탄 구경은 원치 않는 것인지, 나의 모자에는 올라 타려고 하지 않았다.

---

* 현재 대만의 얼수이(二水)역이다.

기차에서 내리는 나는 다시 한번 그 메뚜기 쪽을 뒤돌아 보며, 역시나 마음 속으로 이야기 했다.

"메뚜기 군. 대여행가. 그럼 안녕. 조심하게나. 도중에 장난꾸러기에게 붙잡혀서 그 아름다운 다리가 뜯기지 않도록. 그럼 실례. "

도요시마 요시오(豊島与志雄, 1890~1955)
일본의 소설가, 번역가, 프랑스문학자, 아동문학가. 후쿠오카현(福岡県) 출생. 도쿄제국대학 불문과 졸업. 호세이대학(法政大学), 메이지대학(明治大学) 교수. 예술원 회원. 대표작으로 장편소설『하얀 아침』(白い朝)외『레 미제라블』,『장 크리스토프』등 다수의 번역.

도요시마 요시오

마술사

1.

옛날 페르시아 나라에 하무차라는 이름의 마술사가 살고 있었습니다. 처자식도 없는 외톨이로 여러 마을을 떠돌아다니며 광장에 담요를 깔고 그 위에서 다양한 마술을 선보이며 약간의 돈을 받아 하루하루 벌어 먹고 살았습니다. 빨간색과 흰색의 얼룩덜룩한 옷을 입고 삼각모자를 쓴 채 열두 자루의 칼을 양손으로 다루거나 물구나무 서서 두 발로 금구슬을 돌렸으며, 코 위에 긴 막대를 세워 그 위에 접시를 놓고 돌리거나, 날아오르면서 빙글빙글 재주넘기를 하기도 했습니다. 이러한 여러가지 재미있는 재주를 부리면 주변의 구경꾼들이 많은 돈을 담요 위로 던져주었습니다. 하지만 하무차는 그 돈으로 술을 마시는 데에만 썼기에 늘 가난했습니다. "아, 어느 세월에 돈이 모일까." 하고 탄식하면서도, 돈은 있는 대로 술값으로 날려버렸습니다. 비가 와서 마술을 부릴 수 없게 될 때에는 물만 마셨습니다. 그리고 점점 세상이 지루해졌습니다.

어느 날 저녁, 하무차는 긴 도로를 걷다 지쳐 멍하니 길가에 웅크리고 앉아 있었습니다. 그 때 멀리서 온 듯한 나그네가 지나가고 있었습니다. 나그네는 하무차의 모습을 빤히 쳐다보다가 갑자기 멈춰 서서 물었습니다.

"당신은 괴상한 옷차림을 하고 있는데, 도대체 무슨 일을 하는 분이십니까?"

"저요?"라고 하무차는 대답했습니다. "전 마술사입니다."

"오, 어떤 마술을 부리시는지, 하나만 보여주세요."

그리하여 하무차는 돈을 조금 받고는 가장 자신있는 마술을 선보였습니다.

"과연." 여행자는 말했습니다. "당신은 꽤 재주가 있군요. 하지만 전 당신보다도 더 신기한 마술을 부리는 사람의 이야기를 들은 적이 있어요. 세상에서 유일한 아주 신기한 마술사죠."

"아, 어떤 마술사인가요?"

나그네는 그 사람에 대해 이야기 해 주었습니다. "그는 마술사라기보다는 훌륭한 스님으로, 불의 선신* 올무즈드를 섬기는 마지였다고 합니다. 오랜 시간 수행을 하여 마침내 불의 신 올무즈드로부터 무엇이든 연기로 만들어버리는 마술을 전수받았다고 합니다. 북쪽 산속에 살고 있는데 그 곳으로 가려면 어둠의 숲이나 불의 사막, 여러 괴물이 살고 있는 동굴 등 무서운 곳을 지나야만 한다고 합니다. 그 마지의 불가사의한 마술을 보고자 많은 사람들이 찾아 갔지만, 그 누구도 그 쪽에 당도한 사람은 없었다고 합니다."

"정말인가요?"라고 하무차는 물었습니다.

"정말이고 말고요, 제가 확실한 사람으로부터 들은 거요. 그런데 당신은 도저히 그 마지처럼은 안 되겠군요. 그래도 당신 마술 기술을 최대한 더 연마해보세요."

그러곤 나그네는 가버렸습니다.

하무차는 혼자 남아 가만히 생각에 잠겼습니다. "이런 마술은 부

---

* 착한 신

려봤자 평생 시시하게 끝날 뿐이야. 차라리 그 불가사의한 마지를 찾아가보자. 찾아가는 도중에 죽어도 괜찮아. 만약 운 좋게 그 곳에 도착해서 무엇이든 연기로 만들어 버리는 마술을 전수받을 수만 있다면 그것이야말로 최고지. 세상 사람들이 얼마나 놀랄까."

하무차는 목숨을 건 결심을 했습니다. 마지를 찾아 북으로 향했습니다. 가는 도중에는 마을에서 곡예를 부리고 받은 돈으로 여비를 쓰고, 술은 거의 마시지 않았습니다.

2.

북쪽으로 갈수록 마지에 대한 소문은 더욱 많이 들렸습니다. 하지만 마지가 어디에 살고 있는지 아무도 아는 사람이 없었습니다. 하지만 하무차는 열심이었습니다. 몇 달에 걸쳐 오로지 북쪽을 향해 여행을 계속해 갔습니다. 들을 건너고 산을 넘어 갔습니다. 나중엔 사람 사는 동네에서 멀리 떨어진 깊은 산속에서 길을 헤매었습니다. 그래도 하무차는 돌아가지 않았습니다. 나무와 풀의 열매를 따먹거나 계곡의 물을 마시며 걸어갔습니다. 사자의 숲과 독사의 계곡, 독수리 산과 같이 무서운 곳을 여러 곳 지나갔습니다. 그 다음으론 어둠의 숲이 기다리고 있었습니다. 누가 코를 잡아당겨도 모를 정도로 캄캄한 숲이었습니다. 또 그 다음에는 괴물의 동굴이 있었습니다. 보기만 해도 섬뜩한 무시무시한 괴물들이 여러 개의 동굴 속에서 으르렁거리고 있었습니다. 그 다음에는 불의 사막이 있었습니다. 광활한 사막이 온통 불타고 있었습니다. 하무차는 눈을 감고 열심히 달렸습니다. 불의 사막을 달리고 나니 이젠 눈이 멀고 숨이 막혀와 땅에 쓰러진 채 정신을 잃고 말았습니다.

잠시 후, "하무차, 하무차"하고 부르는 소리가 들려, 그는 눈을 번쩍 떴습니다. 눈을 떠보니 흰색 목조로 된 자그마한 집 안에 누워 있었습니다. 머리맡에는 한 고상한 모습을 한 사람이 앉아 있었습니다. 새하얀 옷을 입고 머리에 흰 천을 둘렀으나, 나이가 어느 정도 되는지는 알 수 없는 사람이었습니다. 하무차가 눈을 뜬 것을 보고 조용히 미소 지으며 말했습니다.

"하무차, 나는 네가 올 것을 알고 마중 나가 있었다. 지금까지 몇 사람이 나를 찾아온 적은 있으나 모두 중간에 돌아가 버렸었다. 그런데 너는 목숨을 걸었다고는 하나 용케도 여기까지 왔구나."

하무차는 일어나 머리를 조아리며 말했습니다.

"아아, 마지님, 무엇이든 연기로 만들어 버리신다는 마지님 맞으신지요? 제발 제게 그 마술을 가르쳐 주세요."

"알려주는 건 괜찮지만, 그러려면 7년간 고통스러운 수행을 해야 한다."

"네, 7년이든 10년이든 평생이 걸리든, 그 어떠한 고통스러운 수행도 감내하겠습니다."

그리하여 하무차는 7년간 마지의 허락 하에 수행을 하게 되었습니다. 하지만 그것은 결코 만만치 않은 수행이었습니다. 물 한 잔 마시지 않고 일주일 동안 앉아 있기도 했으며, 계곡물에 하루 종일 목까지 잠겨 있기도 했습니다. 무거운 짐을 짊어지고 산길을 오르내리기도 했으며, 어려운 책을 몇 천 번이고 베껴 쓰기도 했고, 한 달 동안 아무 말도 하지 않는 등 많이 괴로운 일이었습니다. 그리고 항상 제단에 있는 불을 꺼트리지 않아야만 했습니다. 하무차는 몇 번이나 힘이 빠졌었지만, 그때마다 생각을 바로잡고 어떻게든 7년간의 수행을 해냈습니다. 그리고 무엇이든 연기로 만들어내는 불의 신의 마술을 전수받았습니다. 게다가 원래 마술사였기에 그 연기를 여러 가지 모양으로 바꾸는 방법을 연구했습니다.

하무차가 드디어 세상으로 돌아가고자 하자, 마지는 그에게 이야기해 주었습니다.

"물건을 연기로 만드는 이 마술은 불의 선신 올무즈드로부터 하사받은 것이니, 살아있는 생물이나 쓸모 있는 물건을 연기로 만들어선

안 된다. 올무즈드께서 세상으로 보내신 것임을 가슴 깊이 새겨야 한다. 만약 나쁜 마음을 품게 되면 너의 마술은 악의 신 아리만의 것이 되어, 너를 파멸시킬 것이다."

"알겠습니다."라고 하무차는 대답했습니다.

3.

하무차는 다시 불의 사막과 어둠의 숲, 괴물의 동굴 등을 지나 사람이 살고 있는 곳으로 나왔습니다. 그리고 상황을 살펴보니, 벌써 7년이나 지난 후였고, 아무도 마지에게 당도하지 못했었기에 마지에 대한 소문은 거짓말로 치부되어 사라진 상태였습니다.

"이제 모두를 깜짝 놀라게 해야지."라고 하무차는 혼자 미소 지었습니다.

어느 마을에 갔더니, 마침 축제날이었습니다. 하무차는 사람들이 모여 있는 광장에서 새로운 담요를 깔고, 먼저 일반 마술을 선보였습니다. 그리고는 큰 소리로 말했습니다.

"자, 이제 정말 신기한 마술을 보여드리겠습니다. 이건 불의 신 올무즈드로부터 전수받은 마술로, 무엇이든 연기로 만들어 버리고, 그 연기로 여러 가지 사물의 모양을 만들어내는 천하에 둘도 없는 묘술입니다. 자, 쓸모없는 물건이 있다면 가지고 오세요, 이 자리에서 연기로 만들어 보여드리겠습니다.”

그러자 구경꾼 중 한 명이 낡은 모자를 내밀었습니다. 하무차는 모자를 받아들어 이제는 찢어져 쓸모가 없는 것을 확인하고, 그것을 담요 위에 놓고 그 옆에 쭈구리고 앉아 가슴에 양손을 모으고 입으로 무언가를 외쳤습니다. 그러자 신기하게도 그 헌 모자는 훅하고 연기가 되었고, 그 연기는 다시 커다란 새 모양이 되어 하늘 높이 날아가 버렸습니다.

너무나도 신기한 모습에 사람들은 어안이 벙벙해졌습니다. 그리고는 정신없이 갈채를 보내왔습니다. 그리곤 돈이 비 오듯 쏟아졌습니다. 하무차는 신나서 더욱 더 다양한 물건을 연기로 만들어 보였습니다.

그 후로 하무차에 관한 소문은 사방으로 퍼졌습니다. 하무차가 가는 곳마다 이미 그 지방 사람들이 기다리고 있었습니다. 개중에는 꼭 우리 마을로 와 달라고 마차를 보내오는 사람들도 있었습니다. 그러나 하무차는 마차같은 건 타지 않았고, 항상 입었던 빨간색과 흰색의 얼룩덜룩한 옷을 입고 삼각모자를 쓴 채 터벅터벅 걸어갔습니다. 호주머니에는 많은 돈이 있었습니다. 아무리 술을 마셔도 음식을 먹어도 좀처럼 다 쓸 수 없었습니다.

하무차는 이 마을 저 마을을 다니다 어느 큰 도시에 이르렀습니다. 도시 사람들은 지금 하무차가 온다며 난리가 났습니다. 드디어 하무차가 도착하자 가장 번화한 광장으로 그를 안내했습니다. 광장에는 이미 훌륭한 담요가 깔려 있었고, 쓸모없는 물건들이 산더미처럼 쌓여 있었으며, 사방의 관람석엔 빽빽히 사람들이 줄지어 앉아 있었습니다. 하무차는 조금 놀랐지만, 이윽고 의기양양하게 한가운데로 걸어갔습니다. 사방에서는 우레와 같은 박수갈채가 울려 퍼졌습니다.

4.

하무차는 우선, 칼을 다루거나 발로 금구슬을 돌리거나 하여 보통의 마술을 선보였습니다. 그것이 다 끝난 후 드디어 연기 마술을 시작했습니다. 그런데 너무 여러 가지 물건이 쌓여 있었기에 어느 것부터 먼저 해야 좋을지 몰라 잠시 생각에 잠겼었습니다. 그리곤 생각 끝에 모두 다 한꺼번에 연기로 만들어 버리기로 했습니다. 언제나처럼 그곳에 쭈구려 앉아 가슴에 양손을 모으고 무언가를 외친 순간, 산더미처럼 쌓여 있던 물건들이 한꺼번에 와르르 연기가 되고, 그 연기가 다시 다양한 꽃으로 바뀌어 하늘 가득 퍼져나갔습니다. 너무나도 훌륭한 광경에 사람들은 소리 높여 떠들어댔습니다.

이윽고 연기의 꽃이 사라지고 엄청난 갈채소리가 잦아들자 사람들은 조금씩 불만을 느끼기 시작했습니다. 여러 가지 물건을 하나씩 연기로 만들어 보일 것이라 생각했었지만 한 번에 다 끝나 버렸기 때문입니다.

"뭔가 더 연기로 만들어 주세요. 이 돈주머니라도 좋으니까."

그렇게 말하며 한 사람이 커다란 가죽 지갑을 내밀었습니다.

"아니, 인 됩니다."라고 하무차는 대답했습니다. "이것은 불의 악신* 아리만의 마술이 아니라 불의 선신 올무즈드의 연기이기에, 쓸모 없는 물건만 연기로 만들 수 있습니다."

그러자 다른 한 사람이 말했습니다.

"여기 깔린 담요를 모두 당신에게 드리겠습니다. 그러면 당신의 그 작은 담요는 쓸모 없어질 테니 그것으로 연기를 만들어 주세요."

"그렇군요."라고 하무차는 잠시 생각하고는 대답했습니다. "이 훌륭한 담요를 받으면 제 작은 담요는 이제 필요없어 지겠네요."

---

* 나쁜 신

그리곤 그는 자신의 담요로 연기를 만들어 보였습니다. 연기는 짙 푸른 들판의 형태가 되어, 하늘 높이 사라졌습니다.

그러자 이번에는 다른 사람이 훌륭한 신발을 꺼내 들었습니다.

"이 좋은 신발을 당신에게 주겠소. 그러면 당신의 그 찢어진 신발 은 소용없어 질테니 그것으로 연기 좀 만들어 주시오."

"그렇군요"라고 하무차는 잠시 생각하며 대답했습니다. "이 훌륭 한 신발을 받으면 제 찢어진 신발은 이제 쓸모 없어지겠네요."

그러곤 그는 신발을 연기로 만들어 보였습니다. 연기는 커다란 말 발굽 형태가 되어 하늘 높이 사라져갔습니다.

도시 사람들은 그래도 아직 만족을 못하고 있었습니다. 너무나도 신기하여 모두 어쩔 줄을 몰랐습니다.

새 깃털이 달린 훌륭한 모자를 가지고 나오는 사람이 있었습니다. 또 보석이 달린 멋진 옷을 가지고 나오는 사람이 있었습니다. 새끼 낙 타의 가슴털로 짠 셔츠를 가지고 오는 사람도 있었습니다.

하무차는 전과 마찬가지로 자신이 입고 있던 것을 모두 연기로 만들어 버렸습니다. 삼각모자는 새 모양의 연기가 되어 사라졌습니다. 빨간색과 흰색의 얼룩덜룩한 옷은 구렁이 모양의 연기가 되어 사라졌습니다. 지저분한 모시 셔츠는 민달팽이 모양의 연기가 되어 사라졌습니다. 하무차는 벌거벗은 채 훌륭한 의상을 쌓은 곳에 서 있었습니다.

그때 열다섯 살 된 소녀가 한 명, 어깨와 가슴까지 드러내며 뛰어나왔습니다. 금빛 머리카락이 어깨까지 길게 내려왔고, 바다처럼 푸른 눈을 가지고 있었으며, 장미빛 뺨을 가시고 피부는 대리석처럼 새하얗고 매끄러웠습니다.

소녀는 말했습니다.

"제 몸을 당신에게 드리겠습니다. 그러면 당신의 늙은 주름진 몸은 쓸모없어 질테니 그것으로 연기를 만들어 보세요.

"그렇군요"라고 하무차는 한참 생각하더니 말했습니다. "당신의 아름다운 몸을 받으면, 제 지저분한 몸은 이제 필요없어 지겠네요."

그러곤 그는 가슴에 두 손을 모아, 입으로 뭔가를 외쳤습니다. 그러자 그의 몸은 휙 연기가 되어 버렸고, 그 연기는 새까만 구름이 되어 하늘 높이 사라져 버렸습니다.

사람들은 넋을 잃었고 갈채가 쏟아졌습니다. 그런데 하무차는 언제까지고 돌아오지 않았습니다. 돌아올 리 만무합니다. 자신이 연기가 되어 사라져 버린겁니다. 모든 것이 그렇게 끝나 버렸습니다.

미야자와 겐지(宮沢賢治, 1896~1933)
일본의 시인, 동화 작가. 그의 작풍은 불교 신앙과 농민의 삶에 바탕을
둠. 이와테현(岩手県) 출생. 모리오카고등농림학교(盛岡高等農林学校) 졸
업. 시집으로 『봄과 수라』(春と修羅), 동화 『은하철도의 밤』(銀河鉄道の
夜) 등 주옥 같은 작품을 남김.

수선월의 4일

겨울 마녀*는 멀리 떠나 있었습니다.

고양이같은 귀를 가지고, 덥수룩한 잿빛 머리를 한 겨울 마녀는 서쪽 산맥의 굽슬굽슬한 번쩍이는 구름을 넘어, 멀리 나가 있었습니다.

한 아이가 빨간색 담요를 두르고, 열심히 카리메라(달고나 같은 과자)를 생각하며, 큰 코끼리 머리 모양을 한 눈언덕 기슭을 서둘러 총총 걸어가고 있었습니다.

---

* 유키방고, 동북 지방의 요괴를 바탕으로 한 작가의 오리지널 등장인물. 고양이 귀를 가지고 있으며 유키와라스(설동자)들을 이용하여 눈보라를 일으키는 겨울 마녀이다.

'그래, 신문지를 뾰족한 형태로 감아 후-후- 불면, 숯에서 마치 파란 불이 피어 오를거야. 난 카리메라 냄비에 갈색 설탕을 한 꼬집 넣고, 그리고 굵은 설탕을 한 꼬집 넣을거야. 물을 더하고, 그 다음부턴 보글보글 끓이는 거야.' 정말 열심히 아이는 카리메라를 생각하며 집으로 서둘러 가고 있었습니다.

햇님은 하늘의 아주 멀리 투명하고 차가운 곳에서 눈부시게 하얀 불을 활활 피우고 계셨습니다.

그 빛은 곧바로 사방으로 퍼져 아래로 내려와 고요한 대지에 쌓인 눈을 온통 눈부신 설화석고판으로 만들었습니다.

두 마리의 눈늑대가 할짝할짝 새빨간 혀를 보이며 코끼리 머리 모양을 한 눈언덕 위를 걷고 있었습니다. 이 녀석들은 사람들의 눈에는 보이지 않지만, 한 번 바람에 미치면 있던 곳에서 바로 수북한 눈구름을 밟으며 하늘을 뛰어다니곤 합니다.

"슈-, 그렇게 가면 안된다니까." 눈늑대 뒤에서 백곰 모피의 고깔을 비스듬히 쓴, 얼굴이 사과같이 반짝이는 설동자가 천천히 걸어 왔습니다.

눈늑대들은 고개를 돌리며 빙글 돌아, 또 다시 새빨간 혀를 헥헥거리며 달렸습니다.

"카시오피아,

이제 수선화가 피기 시작할거야

너의 유리 물레방아

반드시 돌려라. "

설동자는 새파란 하늘을 올려다 보며, 보이지 않는 별에 외쳤습니다. 그 하늘로부터 파란 빛이 파도가 되어 울렁이며 내려왔고, 설늑대들은 저 멀리서 불꽃같이 붉은 혀를 내밀고 있었습니다.

"슈-, 돌아오라니까, 슈-" 설동자가 펄쩍 뛰며 화를 냈더니, 지금까지 눈에 선명히 비치던 설동자의 그림자는 반짝하고 하얀 빛으로 바뀌었고, 늑대들은 귀를 세우며 쏜살같이 돌아왔습니다.

"안드로메다,

엉겅퀴 꽃이 곧 필거야,

너의 램프의 알코올,

칙칙 뿜어내. "

설동자는 바람과 같이 코끼리 모양의 언덕 위로 올라갔습니다. 눈에는 바람으로 인해 조가비와 같은 모양이 찍혔고, 그 정상에는 한 그루의 큰 밤나무가 아름다운 황금색 겨우살이의 열매를 달고 서 있었습니다.

"꺾어줘." 설동자가 언덕을 오르며 말하자, 한 마리의 설늑대가, 주인의 작은 치아가 반짝 빛나는 것을 보자마자, 고무공처럼 갑자기 나무에 뛰어 올라가, 그 붉은 열매가 달린 작은 가지를 갈갈이 갉았습니다. 나무 위에서 열심히 목을 굽히고 있던 눈늑대의 그림자는, 크고 긴 언덕의 눈에 드리워지고 가지는 마침내 푸른 껍질과 노란 심으로 찢겨져, 지금 막 올라온 설동자의 발 앞에 떨어졌습니다.

"고마워." 설동자는 그것을 주우며 흰색과 남색의 들판에 서서 아름다운 마을을 아득히 바라보았습니다. 강은 반짝반짝 빛나고 정거장에서는 흰 연기가 올라오고 있었습니다. 설동자는 시선을 언덕 아래로 떨어뜨렸습니다. 그 산기슭의 가느다란 눈길을, 방금 전 빨간 담요를 쓴 아이가 열심히 산 속 집으로 서둘러 가고 있었습니다.

"저 녀석은 어제 목탄 썰매를 밀면서 갔어. 설탕을 사서 자기 혼자 돌아왔군." 설동자는 웃으며, 손에 들고 있던 겨우살이의 가지를, 획하고 아이에게 던졌습니다. 가지는 마치 총알처럼 바로 날아가 정확히 아이의 눈 앞에 떨어졌습니다.

아이는 깜짝 놀라며 가지를 줍고, 이리저리 두리번거렸습니다. 설동자는 웃으며 가죽채찍을 하나 획하고 울렸습니다.

그러자 구름 하나 없이 잘 닦인 군청색 하늘에서, 새하얀 눈이 백

로의 털처럼 소복히 내려왔습니다. 이 눈은 바로 밑의 평야의 눈과, 맥주색의 햇빛, 갈색 노송 나무로 만들어진 조용하고도 깨끗한 일요일을 한층 더 아름답게 만들었습니다.

아이는 겨우살이 가지를 들고, 열심히 걷기 시작했습니다.

하지만 그 훌륭한 눈이 다 떨어지고 난 후, 햇님은 왠지 하늘의 먼 곳으로 옮겨가서, 그 곳의 여인숙에서 눈부신 하얀 불을 새로이 피우고 계신 듯 했습니다.

그리곤 북서쪽에서부터 조금씩 바람이 불어 왔습니다.

이제 상당히 하늘도 차가워졌습니다. 동쪽 먼 바다 쪽에서는 하늘의 영향을 벗어난 듯 아주 작은 달칵 하는 소리가 들리며, 언제부턴가 새하얀 거울로 바뀌어버린 햇님의 얼굴을 무언가 작은 것이 점점 가로질러 가는 듯 했습니다.

설동자는 가죽 채찍을 겨드랑이 밑에 끼우고, 팔짱을 힘껏 낀 채 입술을 다물고 그 바람이 불어 오는 쪽을 가만히 쳐다보고 있었습니다. 늑대들도 쭉 목을 빼고 계속해서 그 쪽을 바라보고 있었습니다.

바람은 점점 강해지고 발밑의 눈은 슬슬 뒤로 흘러 이윽고 건너편 산맥의 꼭대기에서 확하고 하얀 연기와 같은 것이 일어나더니, 서쪽에서는 벌써 완연한 회색으로 어두워져 있었습니다.

설동자의 눈은 예리하게 불타는 듯 빛났습니다. 하늘은 완전히 하얗게 되고 바람은 마치 찢어지듯 벌써부터 메마른 작은 눈이 내려왔습니다. 그 곳은 온통 잿빛 눈으로 가득차 있었습니다. 눈인지 구름인지도 모를 정도였습니다.

언덕 귀퉁이는 이미 여기 저기가 다 한 번에 삐걱거리며 잘라내는 듯한 소리가 나기 시작했습니다. 지평선도 마을도 모두 어두운 연기 속으로 넘어가고, 설동사의 하얀 그림자만이 넝하니 바로 서 있었습니다.

그 찢어지듯 포효하는 바람 소리 속에서

"휴우우우, 뭘 꾸물거리고 있어. 자, 뿌리는거야. 뿌리는거야. 휴우휴우휴우우우우, 뿌리는거야, 날리는거야, 뭘 꾸물거리고 있어. 이렇게 바쁜데말야. 휴우휴우, 저 쪽에서말야, 일부러 세 명을 더 데리고 왔잖아. 자, 뿌리는거야. 휴우우우." 이상한 소리가 들려 왔습니다.

설동자는 마치 전기에 감전된 듯 날아 올랐습니다. 겨울 마녀가 돌아온 것입니다.

탁, 설동자의 가죽 채찍이 울렸습니다. 늑대들은 한 번에 튀어 올랐습니다. 설동자의 얼굴색은 새파랗게 질렸고, 입술을 꽉 다문 채 모자는 날아가버렸습니다.

"휙, 휙, 자, 듬뿍 해. 게으름피우면 안돼. 휴우휴우, 자, 제대로 해. 자, 제대로 해봐. 오늘 여긴 수선월의 4일이야. 자, 제대로, 휴우우우…"

눈의 정령의 덥수룩하고 차가운 흰 머리는 눈과 바람 사이에서 소용돌이가 되었습니다. 점점 심해지는 검은 구름 사이로 그 뾰족한 귀와 반짝반짝 빛나는 황금색 눈동자가 보였습니다.

서쪽의 들판에서 데리고 온 세 명의 설동자도 모두 얼굴에 핏기없는 모습으로, 입술을 굳게 다문 채 서로 인사 하나 없이 계속 바쁘게 채찍을 울리며 왔다갔다 하고 있었습니다. 이젠 어디가 언덕인지 눈보라인지 하늘인지도 알 수 없었습니다. 들려오는 것은 겨울 마녀가 여기저기 왔다 갔다하며 외치는 소리, 서로의 가죽 채찍 소리, 그리고 지금은 눈 속을 걸어다니는 아홉 마리 눈늑대들의 숨결 소리만이 들릴 뿐이었습니다. 이러한 상황 속에서 설동자는 문득 바람때문에 울고 있는 아까 그 아이의 소리를 들었습니다.

설동자의 눈동자는 약간 이상하게 불탔습니다. 잠시 서서 생각하더니 갑자기 격하게 채찍을 휘두르며 그 쪽을 향해 달려갔습니다.

하지만 그 쪽은 방향이 틀렸는지, 설동자는 남쪽의 까만 소나무 산에 휙 부딪혔습니다. 설동자는 가죽 채찍을 옆에 끼고 귀를 기울였습니다.

"휴휴우우, 게으름피우면 가만 안 돼. 뿌리는거야, 뿌리는거야. 자, 휴우… 오늘은 수선월의 4일이야. 휴우, 휴우, 휴우, 휴우우우."

그런 격렬한 바람과 눈 사이를 비집고 울음소리가 얼핏 다시 들려왔습니다. 설동자는 바로 그 쪽을 향해 걸어갔습니다. 겨울 마녀의 흩날린 머릿결이 설동사의 얼굴을 기분 나쁘게 만졌습니다. 산마루 위 눈 속에서 붉은 담요를 뒤집어 쓴 아까 그 아이가 바람에 둘러싸여 다리를 눈에서 빼내지 못하고 쓰러진 채, 눈 위에 손을 짚고, 일어나려 애쓰며 울고 있었습니다.

"담요를 뒤집어쓰고, 엎드려있어. 담요를 뒤집어쓰고, 엎드려있어. 휴우." 설동자는 뛰어가며 외쳤습니다. 하지만 그 목소리는 아이에겐 그저 바람 소리로 들렸고, 형체는 눈에 보이지 않았습니다.

"엎드려서 누워있어. 휴우. 움직이면 안돼. 곧 멎을테니 담요를 뒤집어쓰고 누워있어." 설동자는 다시 눈보라 속으로 되돌아가며 외쳤습니다. 아이는 역시 일어나려고 움직이고 있었습니다.

"누워있어, 휴우, 가만히 엎드려 누워있어, 오늘은 그렇게 춥지 않으니 얼어죽진 않을거야."

설동자는 다시 한 번 눈 속을 달려서 빠져나가며 외쳤습니다. 아이는 입을 바르르 떨며 울면서 다시 일어나려 하고 있었습니다.

"누워있어. 안되겠군." 설동자는 건너편에서 일부러 심하게 부딪혀 아이를 쓰러뜨렸습니다.

"휴우, 더 듬뿍 뿌려줘, 게으름피우면 안돼. 자, 휴우"

겨울 마녀가 다가왔습니다. 그 찢어진 듯한 보라색 입술도, 뾰족한 이빨도 뿌옇게 보였습니다.

"어라, 이상한 아이가 있구나, 자자, 이 쪽으로 날리고 끝내. 수선월의 4월이잖아, 한 명이나 두 명쯤은 날려버려도 돼."

"네, 그렇죠. 자, 죽어버려." 설동자는 일부러 심하게 부딪히며 또 말해주었습니다.

"누워있어. 움직이면 안돼. 움직이면 안된다니까."

늑대들이 미치광이처럼 뛰어 돌아다녔고, 검은 다리는 눈구름 속에서 왔다갔다했습니다.

"그래그래, 그렇게 하면 돼. 자, 뿌려줘. 게으름피우면 가만 안 둬. 휴우우우, 휴우우우." 눈의 정령은 또 건너편으로 날아갔습니다.

아이는 또 일어나려고 했습니다. 설동자는 웃으며 한 번 더 심하게 부딪혔습니다. 이제 그 땐 어렴풋이 어두워져 아직 3시가 되지도 않았지만 해가 지려는 듯 보였습니다. 아이는 힘이 빠져 더 이상 일어나려고 하지 않았습니다. 설동자는 웃으면서 손을 뻗어 그 빨간 담요를 위에서부터 덮어 주었습니다.

"그렇게 자고있어. 이불을 많이 덮어 줄테니까. 그러면 얼어죽진 않을거야. 내일 아침까지 카리메라 꿈을 꾸고 있어."

설동자는 같은 곳을 몇 번에 걸쳐 눈을 많이 아이의 위에 덮었습니다. 이윽고 빨간 담요도 보이지 않게 되자, 주위와의 높이도 같아졌습니다.

"그 아이는 내가 준 겨우살이를 가지고 있어." 설동자는 중얼거리며, 잠시 우는 듯 보였습니다.
"자, 듬뿍, 오늘은 저녁 2시까지 쉬지 않을거야. 여긴 수선월의 4일이니까, 쉬면 안돼. 자, 뿌려줘. 휴우, 휴우, 휴우우우…"

눈의 정령은 또 다시 저 먼 바람 속에서 외쳤습니다.

그리고 바람도 눈도 부스스한 재와 같은 구름 속에서, 정말로 해는 지고 눈은 밤새도록 내리고 내리고 또 내렸습니다. 드디어 동틀녘이 다가왔을 즈음 눈의 정령은 한 번 더 남쪽에서 북쪽으로 쭉 달려가면서 말했습니다.

"자, 이제 슬슬 멎어도 돼. 난 지금부터 다시 바다 쪽으로 갈테니, 아무도 따라오지 않아도 돼. 천천히 쉬면서 다음 번을 위해 준비해줘. 이번엔 아주 좋았어. 수선월의 4일이 아주 잘 끝났어."

겨울 마녀의 눈동자는 어둠 속에서 이상하게 파랗게 빛났고, 부스스한 머리카락은 소용돌이치며 오들오들 입을 떨면서 동쪽으로 날아갔습니다.

들판도 언덕도 마음을 놓은 듯, 눈은 창백하게 빛났습니다. 하늘도 언제부턴가 말끔히 개어, 도라지 색깔의 천구에는 가득 찬 별자리가 깜박이고 있었습니다.

설동자들은 각자 자신의 늑대를 데리고, 처음으로 서로 인사를 나누었습니다.

"굉장히 심했어."

"응."

"다음 번엔 언제 만나게 될까."

"언제쯤일까, 근데 올해 안에, 이제 2번 정도 더 있지 않을까."

"빨리 다 같이 북으로 돌아가고 싶어."

"응."

"방금 아이가 한 명 죽었지?"

"괜찮아. 자고 있어. 내일 저기에 내가 표시를 해 둘꺼야."

"응, 이제 돌아가자. 동틀녘까지 저 편으로 돌아가야만 해."

"그러지. 난 말야, 아무리 생각해도 이해가 안돼. 저 녀석은 카시오페아의 삼형제 별이잖아. 모두 파란 불이겠지. 그런데 어떻게 불이 잘 타면 눈이 오는거지?"

"그건 말야. 솜사탕과 같은 거야. 봐, 빙글빙글 돌고 있잖아. 굵은 설탕이 모두 푹신푹신한 과자가 되지, 그러니까 불이 잘 타면 되는거야."

"응."

"그럼, 안녕."

"안녕."
3명의 설동자는 9마리의 설늑대를 데리고 서쪽으로 돌아갔습니다.

곧 동쪽 하늘이 노란 장미처럼 빛나고 호박색깔로 빛나더니 황금처럼 불타오르기 시작했습니다. 언덕도 들판도 새로운 눈으로 가득 차 있었습니다.

설늑대들은 피곤해서 쓰러져 자고 있었습니다. 설동자도 눈 위에 앉아 웃고 있었습니다. 그 미소는 사과 같았고 그 숨소리는 백합처럼 향기로왔습니다.

쨍쨍 햇님이 올라오셨습니다. 오늘 아침은 푸르름이 한 층 더했습니다. 햇빛은 복숭아 색깔로 가득 흘러 넘쳤습니다. 설늑대는 잠에서 일어나 크게 하품을 하고, 그 입에서는 파란 불꽃이 흔들흔들 불타고 있었습니다.

"자, 너희들은 날 따라와. 날이 밝았으니, 그 아이를 깨워야해."

설동자는 뛰어가, 어제의 그 아이가 묻혀 있는 곳으로 향했습니다.

"자, 여기 눈을 치워줘."

설늑대들은 뒷 다리로, 그 주변 눈을 파헤쳤습니다. 바람이 그것을 연기처럼 날렸습니다.

설피를 신고 모피를 입은 사람이, 마을 쪽에서 서둘러 오고 있었습니다.

"이제 됐어." 설동자는 아이의 빨간 담요 끝이 약간 눈 밖으로 나온 것을 보고 외쳤습니다.
"아빠가 왔어. 이제 눈을 떠." 설동자는 뒷언덕으로 올라가며 한 줄기 눈보라를 일으키며 외쳤습니다. 아이는 살짝 움직이는 듯 했습니다. 그리고 모피를 입은 사람이 아주 열심히 달려오고 있었습니다.

우노 고지(宇野浩二, 1891~1961)
일본의 소설가, 작가. 와세다대학 영문과 중퇴. 후쿠오카현 출생.『칭
고 속』(蔵の中),『괴로움의 세계』(苦の世界) 등 설화체의 특이한 문제작
을 발표하여 주목 받음. 이후 정신적 질환을 앓았으나 이를 극복하고
냉엄한 현실을 그리는 간결한 문체로 정평이 남.

엉터리 불경

옛날 어느 마을에 아주 정직한 할머니가 살고 계셨습니다. 이 할머니는 자식도 손자도 없는 외톨이였습니다. 게다가 할머니가 살고 계신 곳은 외로운 들판 위의 외딴집으로, 옆 마을로 가기 위해서는 높은 산의 고개를 넘어야만 했고, 또 다른 건너편 마을로 가기 위해서는 큰 강을 건너야만 했습니다.

그래서인지 할머니는 매일매일 부처님 앞에 앉아, 작은 징을 치고 있었습니다. 분명히 이 할머니에게도 예전에는 자식이나 손자가 있었을 것입니다. 하지만 모두 할머니보다 먼저 죽어 부처님이 되신 것 같습니다. 그래서 외로움 때문인지 그렇게 매일 부처님께 절을 하고 있었던 것입니다.

먹을 것은 뒷밭에서 구할 수 있었고, 쌀은 한 달에 한 번, 또는 두 달에 한 번, 강 건너편 마을에 사러 가기 때문에 부족함이 없었으며, 물은 바로 앞에 있는 숲 근처에서 그야말로 깨끗한 수정과 같은 물이 솟아나고 있었기에, 할머니는 걱정할 일도, 바쁠 일도 없었습니다.

다만 때때로 근처를 오가는 나그네들이 다리가 지치거나 목이 말라 할머니의 집에 잠시 쉬러 오거나, 물을 마시고 싶다며 들리는 일이 있는 정도였습니다.

어느 날 저녁, 한 나그네가 할머니 집 앞을 지나다가, 급한 볼일이 있어서 밤새도록 산을 타야만 하는데 잠시만 이 곳에서 쉴 수 있는지 할머니에게 물어 왔습니다.

"그럼요. 아무쪼록 부담없이 편히 쉬세요."라고 할머니는 말씀해 주셨습니다.

나그네는 할머니로부터 차를 받아 마시며 툇마루에 앉아 잠시 쉬고는, 피로가 풀렸을 무렵,

"할머니. 여러가지로 잘 먹고 갑니다."라고 말하며 답례로 약간의 돈을 종이에 싸서 두고 가려고 했습니다. 그러자,

"그런 것은 필요 없어요. 아무쪼록 그냥 가지고 가주세요." 라며 할

머니는 깜짝 놀란 얼굴로 말씀하셨습니다. "이 집은 보시다시피 전문 찻집이 아니에요. 게다가 이런 것을 주실 만큼 신세도 지지 않으셨기에, 이것은 그냥 가지고 가주세요."

"아니요, 그건 그렇지만, 이것은 저의 작은 마음이니 제발 받아주세요."라고 나그네는 또 나그네대로 많은 말을 하며 할머니를 설득해 보려 했지만, 할머니는 받으려고 하시지 않으셨습니다. 그런데 갑자기, 할머니가 문득 뭔가를 생각해 낸 표정으로,

"그렇다면 나그네 양반, 그럼 내가 부탁하니 다른 것으로 답례를 대신 받을 수 있을까요?"라고 물어 보셨습니다.

"다른 것이라면 어떤 것을 말씀하시는 겁니까?"라고 나그네는 의아한 듯한 표정으로 되물어보았습니다.

"다른 것이라 말할 것도 없지만,"이라고 말씀하시며 할머니가 말을 이어 나가시길, "보시다시피 나는 나이도 많고 이런 외딴집에서 혼자 살고 있기 때문에 달리 즐길 거리도 없어서 돈을 받아도 쓸 일이 없어요. 이왕 받는다면 쓸 수 있는 것이었으면 해서⋯⋯."

"할머니가 쓸 수 있는 것은 무엇인가요?"라고 나그네는 할머니가 이야기를 너무 장황하게 돌려 말씀하셔서, 재촉하듯 여쭈어 보았습니다.

"그건 말이죠, 자, 저기에 불단이 보이죠?" 라며 할머니는 침착하게 말씀하셨습니다. "나는 틈만 나면 저기 가서 향을 피우거나 꽃을 놓고, 징을 치면서 절을 하는 게 전부예요……."

"그 부처님이 도대체 어떻다는 거죠, 할머니?"라고 여행자는 약간 조바심을 내며 물었습니다.

"그래서 할머니는 제게 무엇을 원하시는 건가요?"

"그래서, 그, 나는,"

할머니는 변함없이 천천히 말씀하셨습니다.

"그렇게 매일 틈만 나면 징을 치고 절을 하고 있는데, 그냥 절만 하고 경전의 문구를 전혀 몰라서 사실 정말 불편해요. 그래서 나그네 양반, 내가 부탁하고자 하는 것은 경전의 문구를 가르쳐 주었으면 하는 것인데, 그건 정말 내겐 고맙고도 쓸모 있는 일이기에……."

"경전의 문구!" 라며 나그네는 괴성을 질렀습니다. 왜 괴성을 질렀냐 하면, 여행자는 공교롭게도 불경의 문구 따윈 전혀 몰랐기 때문이었습니다. 할머니는 그런 줄도 모르고,

"저기, 나그네 양반, 보아하니 당신은 훌륭한 분이신 듯 하니 경전의 문구를 알고 계심에 틀림 없어요. 부디, 조금이라도 좋으니 가르쳐 주세요. 부탁드립니다."라고 말씀하셨습니다.

훌륭한 분이실 것 같다는 말을 들은 여행자는 너무 기뻤습니다. 그래서 경전의 문구를 모른다고 얘기하기가 부끄러워,

"물론 불경의 문구 정도라면 알고 있습니다만……."이라고 대답해 버렸습니다.

"아신다면 부디, 나그네 양반, 제발 가르쳐 주세요. 실은 지금까지 많은 사람들에게 부탁을 해 봤습니다만, 이 근처를 오가는 분들 중에선 불경의 문구를 아는 사람이 단 한 사람도 없었어요…… 오늘 이렇게 당신을 뵌 것은 부처님의 뜻임에 틀림 없어요. 자, 부디 가르쳐 주세요."

이런 말을 듣고 나니, 나그네는 더욱 피할 수 없게 되었습니다. 나그네는 경전의 문구를 정말 한 마디도 몰랐지만, "자, 부디, 제발 가르쳐주세요."라고 재촉하는 할머니로 인해 정말 곤란한 상황이 되어버렸습니다. 그래서 이쪽 저쪽 두리번거리며 처음에는 할머니의 틈을 엿보고 도망갈까 했지만, 할머니가 너무 성실하고 정직하여 그런 교활한 짓을 하고 도망갈 수가 없었습니다. 할머니는 벌써 징을 앞에 두

고 나그네가 입을 열기 만을 가만히 기다리고 계셨습니다. 하는 수 없이 나그네는 대담하게 마음을 다잡고 뭔가 불경의 내용이 될 만한 것이 없는지 잠시 집 안쪽을 살펴보았습니다. 그 곳엔 할머니의 소중한 불단이 있었으며, 다른 곳 어느 것보다도 더욱 두드러지게 훌륭히 반짝반짝 빛나고 있었습니다. 불단에는 향을 피우는 향로가 있었고, 향로 옆에는 꽃병이 있었습니다.

"자. 빨리 알려주세요."라고 할머니가 재촉하셨기에, 나그네는 곤란한 나머지 갑자기 생각해 내어 잉터리로, 하지민 진짜 불경처럼 기락을 붙여,

"향로요, 꽃병이요, 꽃병이요, 향로요,"라고 외었습니다. 그러자 할머니는 그 문구와 가락을 똑같이 흉내 내어,

"향로요, 꽃병이요, 꽃병이요, 향로요,"라고 하고는, '칭' 하고 익숙하게 징을 쳤습니다. 아주 잘 어울렸습니다. 그리고는 "이건 정말 기억하기 좋은 불경이라 정말 감사하네요. 또 그 다음에 뭐라고 하는지 가르쳐주시는 김에 조금 더 가르쳐주세요."라고 부탁하셨습니다.

나그네는 곤란해 하며, 한 번 더 "향로요, 꽃병이요, 꽃병이요, 향로요……"라고 똑같은 말을 하며, 뭔가 다른 것을 찾아내어 그것을 외려고 애쓸 때 불단 선반 위에 쥐가 쪼르르 달려 나오는 모습을 보

았습니다. 나그네는 속으로 "이거다!"라고 생각하며 바로 큰 목소리로 "쥐가 한 마리 들어오신다, 쥐가 한 마리 들어오신다."라고 외었습니다. 하지만 그러고 있던 찰나에 선반 위에 있던 쥐가 쪼르르 도망가 버렸기 때문에,

"라고 생각했더니, 바로 도망쳐 버렸다."라고 말했습니다. 할머니는 아무 것도 모르고 그것이 진지한 불경이라고 생각하며, "쥐가 한 마리 들어오신다, 쥐가 한 마리 들어오신다, 라고 생각했더니, 바로 도망쳐 버렸다."라고 외며, 또 '칭' 하고 징을 쳤습니다.

"정말 이건 알기 쉬운, 좋은 불경이네요."라고 할머니는 크게 기뻐하며 말씀하셨습니다. "이거라면, 나 같은 노인도 잘 기억할 수 있겠어요. 나그네 양반, 부디 조금 더 가르쳐주세요."

나그네는 또 난감했지만, 다른 방도가 없었기에, "쥐가 한 마리 들어오신다, 쥐가 한 마리 들어오신다, 라고 생각했더니, 바로 도망쳐 버렸다."라고 또 다시 외며, 무언가 생각해낼 수 있겠지 하고 불단 쪽을 보고 있었는데, 방금 보았던 선반 위에 이번에는 쥐 두 마리가 뭔가 서로 상담을 하는 듯한 모습으로 쪼르르 걸어 나오는 것을 보았습니다. 이를 본 나그네는 바로, "이번에는 두 마리로 무언가 상담을 하며 쪼르르 들어오셨다."라고 외었습니다. 그런데 갑자기 무슨 연유에서 인지, 두 마리는 급히 도망쳐 버렸습니다. 이에, 나그네는 이 또한 불경으로서, "그런데 놀라, 급히 도망가 버렸다."라고 말하며, 또 이

다음을 부탁하면 정말 난감해질 것 같았기에, "자아, 이걸로 일단락 됩니다. " 라고 말했습니다.

"이번에는 두 마리로 무언가 상담을 하며 쪼르르 들어오셨다, 그런데 놀라 급히 도망가 버렸다."라고 할머니는 변함없이 아주 진지하게, 나그네가 외운대로 따라 한 후, '칭' 하고 능숙하게 박자를 타며 징을 쳤습니다. 그리고는 아주 만족한 듯, "정말 좋고 기억하기 쉬운 불경을 가르쳐 주셨습니다. 감사합니다. 그럼, 나그네 양반, 처음부터 내가 혼자 다시 해 볼테니, 맞는지 들어봐 주세요."라고 밀씀하시고는,

"향로요, 꽃병이요, 꽃병이요, 향로요, 쥐가 한 마리 들어오신다, 쥐가 한 마리 들어오신다, 라고 생각했더니, 바로 도망쳐 버렸다, 이번에는 두 마리로, 무언가 상담을 하며 쪼르르 들어오셨다, 그런데 놀라 급히 도망가 버렸다. 칭, 칭. "

이를 반도 듣기도 전에 "좋아요, 좋아요."라고 말하며, 나그네는 이 상황이 너무나도 이상하여 견딜 수 없어 슬쩍 도망가 버리고 말았습니다.

그 날 밤의 일이었습니다. 이렇게나 정직한 할머니였기에 밤에도 할머니는 집 문단속을 하지 않았습니다. 그저 겨울에는 찬바람이 불 때 문을 닫아두고, 여름에는 너무 더우면 문을 열어 두는 식이었습니다.

그 날 밤, 옆 마을에서 산을 넘어와 다른 건너편 마을 쪽으로 강을 건너고자 하는 두 남자가 이 할머니의 집 앞을 지나게 되었습니다. 이 두 사람은 도둑이었고, 강을 건너 건너편 마을에 도착하면 한밤 중이 되기에, 그 곳에서 한 탕 해 볼 생각이었습니다. 그런데 도둑들이었기에 할머니의 집 앞을 지나가면서 문이 활짝 열려 있는 것을 보고 값 나가는 물건은 없을 것 같았지만, "가는 김에 버는 삯이다." 라는 생각에 한 번 털어볼까 하고 생각했습니다. 집 안을 들여다 보니, 한 할머니가 불단 앞에 앉아 있을 뿐 다른 사람은 없어 보였습니다. 그래서 도둑 갑이 을에게,

"야, 너 여기서 망 좀 보고 있어줘. 이렇게 외진 곳이니 사람이 지나가는 일은 없겠지만 만약 이 집 사람인데 지금 밖에 있는 놈이 돌아오거나 하면 안되니까. 나 혼자만으로 충분해."라고 말했습니다.

그 때, 집 안에 있던 할머니가 낮에 나그네로부터 배운 경전을 외기 시작했습니다.
"향로요, 꽃병이요, 꽃병이요, 향로요……."
이 때, 도둑 갑이 슬그머니 할머니에게는 보이지 않도록 집안으로 숨어 들어갔습니다. 그런데 깜짝 놀랐습니다.

"쥐가 한 마리 들어오신다……."라고 할머니가 말씀하셨기 때문입니다. 사람을 쥐라고 말한 것 뿐 아니라, 보일 리가 없는데 사람이 들

어온 것이 보이는 건가 싶어, 도둑은 어쩐지 무서워져 일단 밖으로 되돌아가려고 했습니다. 그 때, 할머니는 불경을 이어나가,

"라고 생각했더니, 바로 도망쳐 버렸다……."

도둑 갑은 너무나도 깜짝 놀라 황급히 밖으로 튀어 나가, 기다리던 친구에게,

"정말 무서운 집이야."라고 밀했습니다. "분명히 집 인에는 할미니 혼자 있는데, 아무래도 무서운 할머니인 것 같아. 부탁인데 너도 같이 가서 봐 줄래?"

그래서 이번에는 두 사람이 함께 조심스럽게 집안으로 들어갔습니다. 발소리를 죽여 살금살금 걸으며, 도둑 갑이 을에게,

"저 할머니야. 저렇게 저쪽을 바라보면서 뒤에 눈이 달린 것 아닌가, 하는 생각이 들어"라고 귓속말을 하고 있을 때,

"이번에는 두 마리로, 무언가 상담을 하며 쪼르르 들어오셨다. 칭" 하며 징을 치면서 할머니가 경전의 문구를 계속 이어 나갔습니다.

도둑들은 이것이 엉터리로 배운 경전을 외고 있는 것이라고는 상상

도 못했기에 너무나도 놀라 황급히 돌아 나가려고 했습니다. 그러자,

"그런데 놀라, 급히 도망가 버렸다. 칭" 하고 할머니는 불경을 이어 나갔습니다.

이를 등 뒤로 들으며 두 도둑은 정신없이 밖으로 도망쳐 나갔습니다.

"아, 깜짝이야. 그 할머니 뭐지? 분명히 괴물이든 귀신일거야. 뒤에 눈이 달려있어. 거기다 사람을 쥐라고 하다니…… 젠장!"

두 도둑은 이렇게 이야기를 주고 받으며 강가까지 뒤도 돌아보지 않고 숨 가쁘게 도망쳤습니다. 그리고 서로의 얼굴을 문득 마주하고는 한숨을 쉬었습니다.

할머니는 자신도 모르는 사이에 그런 일이 있었던 줄은 꿈에도 모르고 도둑이 돌아간 후에도 "어렵게 배운 경전이야. 잘 기억해 둘 수 있을 때까지 몇 번이고 해보자."라고 혼잣말을 하며 "향로요, 꽃병이요, 꽃병이요, 향로요……."

하며 또 처음부터 외었습니다. 하지만 이제 더 이상 쥐도 도둑도 그 곳에 없었습니다.

*이 소설은 '서경(鼠経)'이라는 제목으로 저의 친구가 인형극을 하고 있을 당시, 기시베 후쿠오(岸辺 福雄) 선생님이 인형을 사용하며 쓴 이야기를 거의 그대로 차용해서 쓴 것입니다. 그러므로 이 이야기의 재미있는 부분은 기시베 후쿠오 선생님의 것이고, 서투른 부분은 저의 책임입니다.

다자이 오사무(太宰治, 1909~1948)

일본의 소설가. 아오모리현 출생. 도쿄제국대학 불문과 중퇴. 좌익 활동에 좌절한 후 자살미수와 약물 중독을 반복하면서 작품 활동을 계속함. 무뢰파(無賴派)로 불리우며 전형적인 자기파멸형 사소설(私小說)을 많이 남김. 대표작은 『인간실격』(人間失格), 『사양』(斜陽) 등.

다자이 오사무

달려라 메로스

메로스는 격분했다. 반드시 그 간사하고 포악한 왕을 없애버리고 말겠다고 마음먹었다. 메로스는 정치를 모른다. 메로스는 마을의 목동이다. 피리를 불고 양과 놀며 지내왔다. 하지만 사악함에 대해서는 남들보다 훨씬 민감했다. 오늘 새벽 메로스는 마을을 출발해서 들을 넘고 산을 넘어 100리쯤 떨어진 이 시라쿠스시에 왔다. 메로스에게는 아버지도 어머니도 없다. 아내도 없다. 열여섯 살의 내성적 성격을 가진 여동생과 둘이서 산다. 이 여동생은 얼마 안 있어 마을의 어느 성실한 목동을 신랑으로 맞이하게 되어 있었다. 결혼식도 얼마 안 남았다. 메로스는 결혼식 준비로 신부의 의상이나 축하연 음식 따위를 사러 집에서 멀리 떨어진 시내로 왔다.

먼저 필요한 물건들을 사 모으고 나서 시내 큰길을 어슬렁어슬렁 걸었다. 메로스에게는 죽마고우가 있었다. 세리눈티우스다. 지금은 이 시라쿠스시에서 석공으로 일한다. 이제부터 그 친구를 찾아갈 생각이다. 오랫동안 만나지 못했기 때문에 가는 길도 즐거웠다. 걸어가면서 메로스는 거리의 모습이 이상하다고 생각했다. 고요했다. 이미해도 져서 거리가 어두운 것은 당연했지만, 그래도 어쩐지 그 이유를밤 탓만으로 돌릴 수 없게 시 전체가 너무나 적막했다. 느긋하고 태평스러운 성격인 메로스도 점점 불안해졌다. 길에서 마주친 젊은이를붙잡고, 무슨 일이 있었나? 2년 전에 이 도시에 왔을 때는 밤에도 모두 노래하고 거리는 번잡했는데, 하며 물었다. 젊은이는 고개를 저으며 대답하지 않았다. 잠시 더 걷자 노인과 마주쳤다. 이번에는 더 센어조로 붙었다. 노인은 대답하지 않았다. 메로스는 양손으로 노인의몸을 흔들며 다시 물었다. 노인은 주변을 신경 쓰며 낮은 목소리로 겨우 대답했다.

"왕이 사람을 죽입니다."

"왜 죽이나?"

"나쁜 마음을 품고 있어서 그랬다는데, 사실 아무도 그런 마음을품고 있지는 않습니다."

"사람을 많이 죽였나?"

"예, 처음에는 왕의 처남을, 그리고서 자신의 후계자를, 그리고 여동생을, 또 여동생 자식을, 다시 자기 아내를, 그리고 지혜로운 신하인 아레키스 님을."

"놀랍군. 왕이 미친 건가?"

"아니요, 미친 것이 아닙니다. 남을 믿을 수 없는 것이라고 합니다.요즘에는 신하의 마음도 의심하셔서 조금이라도 호화로운 생활을 하는 자에게는 인질을 한 명씩 바치도록 명하셨습니다. 명령을 거부하면 십자가에 매달려 죽습니다. 오늘은 여섯 명 죽었습니다."

듣고 나서 메로스는 격분했다. "기가 막힌 일이다. 그런 왕을 살려둘 수 없다."

메로스는 단순한 남자였다. 장을 본 물건을 등에 진 채로 느릿느릿 왕의 성으로 들어갔다. 금세 그는 순시를 도는 보초병들에게 붙잡혔다. 조사에서 메로스의 품 속 단검이 나왔기 때문에 소동이 커지고 말았다. 메로스는 왕 앞으로 끌려갔다.

"이 단도로 무엇을 할 작정이었나. 말하라!" 폭군 디오니스는 조용히, 하지만 위엄 있는 목소리로 물었다. 왕의 얼굴은 창백하고 미간의 주름은 깊게 새겨져 있었다.

"이곳을 폭군의 손에서 구하려 했습니다." 메로스는 주눅 들지 않고 대답했다.

"네놈이?" 왕은 비웃었다. "어처구니없는 녀석이로군. 네놈은 내 고독을 모른다."

"안됩니다!" 메로스는 격분하며 반박했다. "남의 마음을 의심하는 것은 가장 부끄러워해야 할 악덕입니다. 왕은 백성의 충성조차 의심하고 있습니다!"

"의심하는 것이 정당한 마음가짐이라고 내게 가르쳐 준 것은 네놈들이다. 사람의 마음은 믿을 수가 없다. 인간은 원래 사욕 덩어리야. 믿어서는 안 된다." 폭군은 차분하게 중얼거리고는 후유 하고 한숨을 쉬었다. "나 역시도 평화를 바라고 있단 말이다."

"무엇을 위한 평화입니까. 자신의 지위를 지키기 위해서입니까?" 이번에는 메로스가 비웃었다. "죄도 없는 사람을 죽이고 무엇이 평화입니까."

"닥쳐라. 천한 놈." 왕은 슬쩍 고개를 들고 말했다. "입으로는 어떤 깨끗한 말도 할 수 있다. 나는 다른 사람의 뱃속을 아주 잘 꿰뚫어 본다. 네놈도 이제 기둥에 매달리고 나서 울며 빌어도 소용없다."

"아아, 왕은 자신이 똑똑하다고 자만하고 있군요. 저는 이미 죽을 각오가 되어 있습니다. 결코 목숨 따위 구걸하지는 않을 것입니다. 다만…." 메로스는 발밑으로 시선을 떨어트리고 잠시 망설이고는, "다만, 저를 동정해 주신다면 처형까지 3일간의 말미를 주십시오. 단 하나 있는 여동생이 남편을 맞는 것을 보고 싶습니다. 저는 마을에서 여동생 결혼식을 올린 뒤 3일 안에 반드시 여기로 돌아오겠습니다."

"바보 같군." 하며 폭군은 쉰 목소리로 가만히 웃었다. "말도 안 되는 거짓말을 하는구나. 놓친 새가 돌아올 거라는 얘기인가?"

"그렇습니다. 돌아옵니다." 메로스는 필사적이었다. "저는 약속을 지킵니다. 저를 3일간만 놓아 주십시오. 여동생이 제가 돌아오길 기다리고 있습니다. 그렇게 절 믿을 수 없다면 좋습니다. 시내에 세리눈티우스라는 석공이 있습니다. 제 둘도 없는 벗입니다. 그를 인질로 이곳에 두고 가겠습니다. 제가 도망가서 3일째 해가 지기까지 여기에 돌아오지 않는다면 그 친구를 목매달아 죽이십시오. 부탁입니다. 그렇게 해 주십시오."

그 말을 듣고 왕은 잔학하게도 빙긋이 웃었다. 건방진 소리를 하는

구나. 어차피 돌아오지 않을 게 뻔하다. 이 거짓말쟁이에게 속아 넘어간 척 풀어주는 것도 재미있겠다. 그리고서 인질이 된 남자를 3일째 되는 날에 죽여 버리는 거다. 사람은 이래서 믿을 수 없는 거야 하며 나는 슬픈 표정으로 그 사내를 기둥에 묶었다가 창으로 찔러 죽이는 거다. 그렇게 세상에 정직하다고 떠드는 녀석들에게 보여주자.

"소원을 들어주겠다. 너를 대신할 자를 불러라. 3일째 해가 질 때까지 돌아오거라. 늦으면 그 인질을 반드시 죽일 것이다. 좀 늦게 오는 게 좋다. 네놈의 죄는 영원히 용서해 주마."

"무, 무슨 말씀을 하시는 겁니까?"

"하하, 목숨이 소중하다면 늦게 오거라. 네 마음은 알고 있다."

메로스는 분해서 발을 동동 굴렀다. 아무 말도 하고 싶지 않아졌다.

죽마고우인 세리눈티우스는 늦은 밤에 왕의 성으로 불려갔다. 폭군 디오니스의 눈앞에서 두 친구는 2년 만에 만났다. 메로스는 친구에게 모든 사정을 얘기했다. 세리눈티우스는 말없이 고개를 끄덕이고 메로스를 꼭 껴안았다. 벗과 벗은 그것으로 충분했다. 세리눈티우스는 밧줄로 묶였고, 메로스는 곧바로 출발했다. 초여름 날 밤 온 하늘에는 별이 빛나고 있었다.

메로스는 그날 밤 한숨도 자지 않고 백 리 길을 서두르고 서둘렀다. 마을에 도착한 것은 다음날 오전, 해는 이미 높이 떠서 마을 사람들은 들에 나가 일을 시작하고 있었다. 메로스의 열여섯 살 난 여동생도 오늘은 오빠를 대신해 양 떼를 지키고 있었다. 그녀는 비틀거리며 걸어오는 오빠의 지친 모습을 보고 놀란 표정을 지었다. 그리고는 시

끄럽게 오빠에게 무슨 일이냐며 질문을 해댔다.

"아무 일도 아니야." 메로스는 억지로 웃으려고 애썼다. "시내에 볼 일을 남겨 두고 왔어. 다시 곧 가야만 해. 내일 네 결혼식이다. 좀 일찍 하는 게 좋겠다."

누이동생은 볼을 붉혔다.

"기쁘냐? 예쁜 옷도 사 왔다. 자, 이제 가서 마을 사람들에게 알리고 오너라. 결혼식은 내일이라고."

메로스는 다시 비틀비틀 걸어서 집에 돌아와 신들을 모신 제단을 장식하고 축하연 자리를 준비한 후 바닥에 쓰러져서 죽은 듯이 깊은 잠에 빠졌다.

눈을 뜬 것은 밤이었다. 메로스는 일어나서 곧바로 신랑 집을 찾아갔다. 그리고 좀 사정이 있으니 결혼식을 내일로 해 달라고 부탁했다. 신랑 목동은 놀라서 그렇게는 못 한다고, 이쪽은 아직 아무런 준비도 못 했다고, 포도가 열릴 계절까지 기다려 달라고 했다. 메로스는 기다릴 수 없다며 부디 내일로 해 달라고 다시 한번 밀어붙였다. 신랑이 될 목동도 완강해서 좀처럼 승낙해 주지 않았다. 새벽까지 신랑을 달래고 어른 끝에 겨우 결혼식을 치르는 게 결정되었다. 결혼식은 한낮에 열렸다. 그런데 신랑 신부의 신에 대한 선서를 끝낼 때쯤 먹구름이 하늘을 뒤덮고 비가 후드득후드득 내리기 시작했으며, 다시 얼마 지나지 않아 장대비가 쏟아졌다. 축하연에 참석한 마을 사람들은 뭔가 불길하다고 느꼈지만 그래도 각자 기분을 북돋아 좁은 집 안에서 찌는 듯한 더위도 버티면서 즐겁게 손뼉 치며 노래했다. 메로스도 얼굴 가득히 웃음을 띠웠고, 잠시 왕과의 약속조차 잊어버리고 있었다. 축하연은 밤이 되어 더욱 분위기가 무르익어 사람들은 밖의 호우를 전혀 신경 쓰지 않게 되었다. 메로스는 평생 이대로 여기 있고 싶다고 생각했다. 이 좋은 사람들과 일생을 함께하고 싶지만, 지금은 자기 몸이 자기 게 아니었다. 내 뜻대로 되지 않는 일이다. 메로스는 자신을 채찍질하며 마침내 출발하기로 마음먹었다. 내일 해가 지기까지는 아직 충분한 시간이 있다. 딱 한숨 자고 바로 출발하자고 생각했다. 그때쯤이면 비도 잦아들 것이다. 조금이라도 오래 이 집에서 꾸물거리며 있고 싶었다. 메로스 정도 되는 남자라도 역시 미련의 정이라는 게 있다. 그날 밤 얼떨떨하게 기쁨에 젖어 있는 듯 보이는 신부에게 다가가,

"축하한다. 나는 많이 지쳤으니 인사하고 자고 싶구나. 눈을 뜨면 바로 시내로 떠나겠다. 중요한 볼일이 있어. 내가 없더라도 이제 너한테는 착한 남편이 있으니 결코 외롭지 않을 거야. 오빠가 가장 싫어하는 것은 남을 의심하는 것, 그리고 거짓말을 하는 것이다. 너도 그건 알고 있겠지. 남편과의 사이에 어떤 비밀도 만들어서는 안 된다. 네게 말하고 싶은 것은 그뿐이다. 네 오빠는 아마 훌륭한 사내일 거다. 너도 그에 대한 긍지를 가져라."

신부는 꿈꾸는 듯한 표정으로 고개를 끄덕였다. 메로스는 그리고서 신랑의 어깨를 두들기며,

"준비를 못 한 건 서로 마찬가지지. 우리 집에도 보물이라고 할만한 것은 누이동생과 양뿐이야. 그 외엔 아무것도 없네. 전부 줄게. 하

나 더, 메로스의 매제가 된 것을 자랑스럽게 여겨주게."

신랑은 손을 비비며 쑥스러워했다. 메로스는 웃으며 마을 사람들에게도 가볍게 인사하고 축하연 자리를 떠나 오두막집에 기어들어가 죽은 듯이 깊은 잠에 빠졌다.

눈을 뜬 것은 다음날 어슴푸레 해가 뜨기 시작할 때였다. 메로스는 벌떡 일어나 아뿔싸! 늦잠을 잔 건가? 아니야, 아직은 괜찮다. 지금 바로 출발하면 약속한 시각까지는 충분하다. 오늘은 꼭 그 왕에게 사람에 대한 믿음의 존재를 보여주자. 그리고 웃으며 처형장에 올라갈 거다. 메로스는 유유히 나갈 준비를 시작했다. 비도 어느 정도 잦아든 모양이다. 준비는 끝났다. 메로스는 양팔을 크게 휘저으며 빗속을 쏜살같이 달려갔다.

나는 오늘 밤 죽는다. 죽기 위해 달리는 거다. 인질이 된 친구를 구하기 위해 달리는 거다. 왕의 간악함과 교활함을 무너뜨리기 위해 달리는 거다. 달려야 한다. 그리고 나는 죽는다. 젊을 때의 명예를 지켜라. 안녕, 고향이여. 젊은 메로스는 괴로웠다. 몇 번인가 멈춰 설 뻔했다. 에잇, 에잇 하고 큰소리로 자신을 채찍질하며 내달렸다. 마을을 벗어나 들을 가로지르고 숲을 빠져나와 이웃 마을에 도착했을 때는 비도 그치고 해도 높이 떠서 슬슬 더워지기 시작했다. 메로스는 이마의 땀을 주먹으로 닦으며 여기까지 왔으니 괜찮다. 이제 고향에 대한 미련은 없다. 여동생네는 분명 좋은 부부가 될 것이다. 내게는 이제 어떤 걸림돌도 없다. 이제 곧 왕의 성에 도착하면 그걸로 충분하다. 그리 서두를 필요도 없다. 천천히 걷자. 그는 평상시의 낙천적인 성격으로 돌아가 좋아하는 노래를 멋진 목소리로 부르기 시작했다. 터벅터벅 20리, 30리를 걸어 슬슬 가는 길의 절반쯤에 도달했을 무렵, 생각지도 못한 재난이 일어났음을 알아차렸다. 메로스의 발이 멈췄다. 봐라, 전방의 강을. 어제 호우로 산의 물줄기가 범람했고, 세찬 탁류는 하류로 모여들어 맹렬한 기세로 순식간에 다리를 파괴하였으며, 콸콸 울어대는 급물살은 다리 기둥을 산산조각으로 날려버렸다. 그는 망연히 멈춰서 버렸다. 이리저리 바라보고, 또 목청껏 불러도 보았지만 묶여있던 배는 남김없이 파도에 쓸려가서 흔적도 없고, 나루터지기의 모습도 보이지 않았다. 물결은 점점 거세져서 바다와 같았다. 메로스는 강기슭에 웅크려 앉아 격한 울음을 토해내며 손을 들어 제우스에게 애원했다. "아아, 가라앉혀 주십시오. 저 미친 듯이 날뛰는 물결을! 시간이 자꾸만 흘러가고 있습니다. 태양도 이미 한낮입니다. 저 태양이 지기 전에 왕의 성에 도착하지 못한다면 그 소중한 벗이 나 때문에 죽습니다."

탁류는 메로스의 절규를 비웃듯 점점 격렬하게 춤을 추었다. 파도는 파도를 삼키고 휘감고 부채질하고, 그렇게 시시각각 시간은 사라져 갔다. 이제 메로스도 각오했다. 헤엄쳐 건널 수밖에 없다. 자, 신들아 보아라! 탁류에도 지지 않는 사랑과 진심의 위대한 힘을 이번 기회에 발휘하는 거다. 메로스는 풍덩 하고 물결 속에 뛰어들어 백 마리의 이무기처럼 미친 듯 밀려드는 거친 파도를 상대로 필사적인 투쟁을 하기 시작했다. 온몸의 힘을 팔뚝에 모아 밀려드는 소용돌이를 뭘 이쯤이야 하며 거침없이 헤쳐나갔다. 무턱대고 돌진하는 성난 사자와 같은 모습에 신도 불쌍하다 싶었는지 마침내 연민을 베풀었고, 메로스는 계속 파도에 밀리면서도 멋지게 맞은편 기슭의 나무줄기를 붙잡을 수 있었다. 감사했다. 메로스는 마치 말이라도 된 듯 크게 한 번 몸을 흔들고 나서, 곧바로 다시 발걸음을 재촉했다. 일각이라도 허비할 수 없다. 태양은 이미 서쪽으로 기울어지기 시작했다. 숨을 헐떡이며 고개 위에 올라 한숨 놓았을 때 갑자기 눈앞에 한 무리의 산적이 뛰쳐나왔다.

"기다려!"

"무슨 짓이냐. 나는 해가 지기 선에 왕의 성으로 가야만 한다. 비켜라!"

"어딜, 그렇게는 안 되지. 가진 걸 전부 내놓아라."

"나는 목숨 말고는 아무것도 없다. 그 단 하나의 목숨도 이제 왕에게 줄 거다."

"그 목숨이 필요하다."

"그럼 왕의 명령으로 여기서 날 기다리고 있었던 거구나."

산적들은 아무 말도 없이 일제히 곤봉을 휘둘렀다. 메로스는 휙 몸을 굽혔다가 마치 나는 새처럼 가까이 있던 한 명을 덮쳐 곤봉을 빼앗았다. "안됐지만 정의를 위해서다!" 하고 맹렬히 일격을 가해 순식간에 세 명을 때려눕히고는 남은 자들이 정신을 못 차리고 있는 사이에 재빨리 고개를 뛰어 내려왔다. 단숨에 고개를 내려왔더니 역시나 몸은 지치고, 때마침 나타난 오후의 작열하는 태양은 메로스를 정면으로 비쳐 몇 번이나 현기증을 일으키게 했다. 이래서는 안 된다고 마음을 다잡고서는 비틀비틀 두세 걸음 걷다가 결국 털썩하고 무릎을 꿇었다. 일어설 수가 없었다. 하늘을 우러러 울부짖기 시작했다. 아아, 탁류를 헤치고 산적을 셋이나 쓰러트리며 여기까지 달려온 메로스여. 진정한 용자, 메로스여. 지금 여기서 지쳐 움직일 수 없게 된다면 그 얼마나 한심한 일인가. 사랑하는 벗은 널 믿었기에 이제 죽어야만 한다. 너는 희대의 믿을 수 없는 인간, 바로 왕이 생각한 그런 놈이라고 자신을 질책해보았지만, 온몸의 맥이 빠져 꼼짝도 할 수 없었다. 길옆의 풀밭에 벌렁 드러누웠다. 몸이 피로하면 정신도 함께 쇠약해진다. 아무래도 좋다, 용감한 자에게 어울리지 않는 될 대로 되라는 심정이 마음 한구석에 둥지를 틀었다. 나는 이만큼이나 노력하지 않았나. 약속을 깰 마음은 조금도 없었다. 신도 굽어살펴 주셨고 나는 있는 힘껏 노력해 왔다. 움직일 수 없게 되기까지 달려온 것이다. 나는 믿을 수 없는 놈이 아니다. 아아, 할 수만 있다면 내 가슴을 갈라 새빨간 심장을 보여주고 싶다. 사랑과 진심의 피만으로 움직이고 있는 이 심장을 보여주고 싶다. 하지만 나는 이 중요한 때에 기력도 끈기도 쇠진해 버렸다. 나는 정말 불행한 사나이다. 나는 필시 웃음거리가 될 것이다. 내 가족도 웃음거리가 될 것이다. 나는 친구를 속였다. 도중에 쓰러지면 처음부터 아무것도 하지 않은 것과 같다. 아아, 이젠 아무래도 좋다. 이것이 내게 정해진 운명일지도 모른다. 세리눈티우스여, 용서해다오. 너는 언제나 나를 믿었다. 나도 너를 속이지 않았다. 우리는 정말 좋은 친구 사이였고, 단 한 번도 어두운 의혹의 구름을 서로의 가슴에 품은 적이 없었다. 지금도 너는 나를 의심 없이 기다리고 있을 테지. 아아, 기다리고 있겠지. 고맙네, 세리눈티우스. 용케도 나를 믿어주었다. 그걸 생각하면 견딜 수가 없다. 친구 간의 믿음은 이 세상에서 가장 자랑스러운 보물이니까 말이다. 세리눈티우스, 나는 달렸다. 너를 속일 생각은 조금도 없었다. 믿어다오! 나는 있는 힘을 다해 서둘러서 여기까지 온 거다. 탁류를 돌파했고, 산적들의 포위 속에서도 빠져나와 단숨에 고개를 내달려왔다. 나니까 가능했던 거다. 아아, 이 이상은 내게 바라지 마라. 나를 그만 놔 다오. 아무래도 좋다. 나는 진 거다. 한심하다. 비웃어다오. 왕은 내게 좀 늦게 오리고 속삭였다. 늦으면 인질을 죽이고 나를 실려줄 거라고 약속했다. 나는 왕의 비열함을 증오했다. 하지만 지금 나는 왕이 말하는 대로 행동한 것이 되어 버렸다. 나는 늦게 가게 될 것이다. 왕은 지레짐작으로 나를 비웃고, 그리고 아무 처치도 없이 나를 방면할 것이다. 그렇게 되면 난 죽는 것보다 괴로울 거다. 나는 영원히 배신자다. 지상에서 가장 불명예스러운 인종이다. 세리눈티우스여, 나도 죽을 거다. 너와 함께 죽게 해 다오. 너만은 나를 믿어줄 게 틀림없다. 아니, 그것도 나만의 생각인가? 아아, 차라리 더 심한 악덕한 놈으로 살아남아 줄까. 마을에는 내 집이 있다. 양도 있다. 여동생 부부는 설마 나를 마을에서 쫓아내지는 않을 거다. 정의니 믿음이니 사랑이니, 생각해보면 하찮다. 남을 죽이고 자기 자신이 산다. 그것이 인간세계의 법칙이 아니던가. 아아, 모든 것이 시시하다. 나는 추악한 배신자다. 어찌하든 마음대로 해라. 이젠 어쩔 도리가 없다. 메로스는 네 다리를 뻗고 꾸벅꾸벅 졸기 시작했다.

문득 귀에 졸졸 물 흐르는 소리가 들렸다. 살짝 고개를 들고 숨을 죽인 채 귀를 기울였다. 바로 발 언저리에서 물이 흐르고 있는 것 같다. 비틀비틀 일어나 보니, 바위틈에서 맑은 물이 작은 속삭임과 함께 용솟음치고 있었다. 그 샘물에 빨려 들어가듯이 메로스는 몸을 굽혔다. 물을 양손으로 떠서 한 모금 마셨다. 휴우 하고 긴 한숨을 내쉬자 꿈에서 깬 듯한 기분이 들었다. 걸을 수 있다. 가자. 육체의 피로가 해소되고 조금이나마 희망이 생겨났다. 의무를 수행할 수 있다는 희망이다. 자신을 죽여서 명예를 지킨다는 희망이다. 석양은 붉은빛을 나뭇잎에 비추고, 잎도 가지도 타오를 듯이 빛나고 있다. 해가 질 때까지는 아직 시간이 있다. 나를 기다리는 사람이 있다. 조금도 의심치 않고, 조용히 기다려 주는 사람이 있는 거다. 나는 신뢰받고 있다. 내 목숨 따위는 문제가 아니다. 죽어서 사죄한다는 따위 태평한 말을 하고 있을 때가 아니다. 나는 신뢰에 보답해야만 한다. 지금은 단지 그뿐이다. 달려라! 메로스.

나는 신뢰받고 있다. 나는 신뢰받고 있다. 조금 전 그 악마의 속삭임은 꿈이다. 나쁜 꿈이다. 잊어버려라. 몸이 지쳤을 때는 그냥 그런 나쁜 꿈을 꾸는 거다. 메로스, 네가 부끄러워할 일이 아니다. 역시 너는 진정한 용자다. 다시 일어나 달릴 수 있게 되지 않았나? 감사하다! 나는 정의의 사도로서 죽을 수 있다. 아아, 해가 저문다. 빨리도 진다. 기다려다오. 제우스여. 나는 날 때부터 정직한 사내였다. 정직한 사내인 채 죽게 해 다오.

오가는 사람을 밀어제치며 메로스는 쏜살같이 달렸다. 들판에서의 술자리판 한가운데를 빠져나가 거기 있던 사람들을 기겁하게 하고, 개를 걷어차고 도랑을 뛰어넘으며, 조금씩 저물어 가는 태양의 속도보다 열 배는 빠르게 달렸다. 한 무리의 여행자들과 스쳐 지나간 순간 불길한 대화가 들려왔다. "지금쯤은 그 사내도 기둥에 매달려 있겠지." 아아, 그 사내, 그 사내를 위해서 나는 지금 이렇게 달리고 있는 거다. 그 사내를 죽게 해서는 안 된다. 서둘러라, 메로스, 늦어서는 안 된다. 사랑과 진심의 힘을, 지금이야말로 알게 해 주어야 한다. 모습 따위는 아무래도 좋다. 메로스는 이젠 거의 알몸이었다. 숨도 못 쉬고, 두 번 세 번 입에서 피를 토해냈다. 보인다. 저 멀리 작게 시라쿠스 시의 탑이 보인다. 탑의 누각은 석양빛을 받아 반짝반짝 빛나고 있다.

"아아, 메로스님" 신음하는 듯한 목소리가 바람과 함께 들려왔다.

"누구냐?" 메로스는 달리면서 물었다.

"피로스토라토스입니다. 당신의 친구 세리눈티우스 님의 제자입니다." 그 젊은 석공도 메로스의 뒤를 따라 달리면서 외쳤다. "이제 안 됩니다. 소용없습니다. 그만 달리세요. 이제 그분을 구할 수 없습니다."

"아니, 아직 해가 지지 않았다."

"지금 바로 그분이 사형당할 때입니다. 아아, 당신은 늦었어요. 원망스럽습니다. 조금, 아주 조금만 일찍 오셨더라면!"

"아니, 아직 태양은 지지 않았다." 메로스는 가슴이 찢겨나가는 듯한 심정으로 빨갛고 큰 석양만을 쳐다보고 있었다. 달릴 수밖에 없다.

"그만두세요. 그만 달리세요. 지금은 당신의 목숨이 중요합니다.

그분은 당신을 믿고 있었습니다. 형장에 끌려 나오면서도 태연했습니다. 왕이 심하게 그분을 조롱해도 메로스는 올 거라고만 하며 줄곧 강한 신념을 가지고 계시는 모습이었습니다."

"그러니 달리는 거다. 믿음을 받고 있으니 달리는 거다. 늦지 않는다. 늦지 않으면 문제없는 거다. 사람의 목숨도 문제없는 거다. 나는 더 두렵고 큰 무언가를 위해 달리고 있는 거다. 따라와라! 피로스토라토스."

"아아, 당신은 제정신이 아니군요. 그럼 힘껏 달려야 합니다. 혹시 늦지 않을지도 모릅니다. 달리십시오."

더 말할 것도 없다. 아직 태양은 지지 않았다. 최후의 사력을 다해 메로스는 달렸다. 메로스의 머릿속에는 아무것도 없었다. 아무것도 생각하지 않았다. 단지 무엇인지 알 수 없는 커다란 힘에 이끌려 달렸다. 해는 흔들흔들 지평선으로 넘어가고 바로 마지막 한 조각 남은 빛도 사라지려고 할 때, 메로스는 세찬 바람 소리를 내며 형장에 들어섰다. 늦지 않았다.

"멈춰라. 그 사람을 죽여서는 안 된다. 메로스가 돌아왔다. 약속대로 지금 돌아왔다." 이렇게 큰 소리로 형장의 군중을 향해 외칠 생각이었지만, 목이 쉬어 갈라진 목소리가 희미하게 나올 뿐 군중은 한 명도 그의 도착을 알아채지 못했다. 이미 형장의 기둥이 높이 세워지고, 밧줄에 묶인 세리눈티우스는 서서히 끌어 올려지고 있었다. 메로스는 그것을 목격하고 마지막 힘을 끌어모아 조금 전에 탁류를 헤엄쳤던 것처럼 군중을 헤치고 나가서

"나다! 죽어야 할 것은 나다. 메로스다. 그를 인질로 삼은 나는 여기에 있다!" 하고 갈라진 목소리로 있는 힘껏 외치면서 마침내 형장에 올라와 끌어 올려지는 친구의 양발에 달라붙었다. 군중은 술렁거렸다. 장하다! 용서해라! 사람들은 저마다 큰 목소리로 외쳐댔다. 세리눈티우스는 밧줄에서 풀려났다.

"세리눈티우스." 메로스는 눈에 눈물을 글썽이며 말했다. "나를 쳐라. 있는 힘껏 내 뺨을 쳐라. 나는 도중에 한번 나쁜 꿈을 꾸었다. 네가 만약 날 치지 않는다면 난 너와 포옹할 자격조차 없다. 쳐라."

세리눈티우스는 모든 것을 안다는 듯 끄덕이고는 형장 전체에 울리도록 소리높이 메로스의 오른뺨을 쳤다. 치고 나서는 부드럽게 미소지으며,

"메로스, 나를 쳐라. 마찬가지로 소리높이 내 뺨을 쳐라. 나는 이 사흘 동안 단 한 번이지만 잠시 너를 의심했다. 태어나서 처음으로 널 의심했다. 네가 나를 치지 않는다면 나는 너와 포옹할 수 없다."

메로스는 팔에 힘을 주어 세리눈티우스의 뺨을 쳤다.

"고맙다. 친구여." 둘은 동시에 말한 후 꽉 껴안았다. 그리고는 엉엉 소리를 내며 기쁨의 눈물을 흘렸다.

군중 속에서도 훌쩍거리는 소리가 들렸다. 폭군 디오니스는 군중 뒤에서 두 사람의 모습을 빤히 응시하고 있다가, 이윽고 조용히 두 사람에게 다가가 얼굴을 붉히며 이렇게 말했다.

"너희들의 소원은 이루어졌다. 네놈들은 내 마음을 이긴 거다. 믿음이란 결코 공허한 망상이 아니었다. 제발 나도 친구로 삼아주지 않

겠는가. 부디 내 소원을 들어 너희들 동료가 되게 해 다오.”

군중 사이에서 환성이 일어났다.

“만세, 폐하 만세”

소녀 한 명이 주홍빛 망토를 메로스에게 바쳤다. 메로스는 어찌할 바를 몰라 허둥댔다. 소중한 친구 세리눈티우스는 눈치를 채고 가르쳐주었다.

“메로스, 자네는 발가벗고 있지 않은가. 빨리 그 망토를 입도록 하게. 이 귀여운 아가씨는 네 벗은 몸을 모두가 보는 게 너무나 안쓰러운 거다.”

용감한 자의 얼굴은 새빨갛게 물들어갔다.

Ⅱ. 동요편

여름이 왔네

사사키 노부쓰나 작사
고야마 사쿠노스케 작곡

오월의 꽃이 곱게 피는 울타리
두견새 벌써 와서 울어대는데
가만히 들어 보니 여름이 왔네.

유월의 비가 쏟아지는 산과 들
일하는 아낙 옷자락을 적시며
모내기에 바빠라 여름이 왔네.

감귤나무가 향기로운 처마에
창 가까이서 반딧불 날아드네
게으르지 말라고 여름이 왔네.

단향목 푸른 개울가의 작은 집
문밖에 멀리 뜸부기 소리 들려
초저녁달 시원하게 여름이 왔네.

비 오는 밤에 반딧불 날아들고
뜸부기 울어 오월의 꽃 피는데
모내기를 다 함께 여름이 왔네.

夏は来ぬ

佐佐木信綱 作詞
小山作之助 作曲

うの花のにおう垣根に、
時鳥 早もきなきて、
忍音もらす 夏は来ぬ。

さみだれのそそぐ山田に、
早乙女が 裳裾ぬらして、
玉苗ううる 夏は来ぬ。

橘のかおるのきばの
窓近く 蛍とびかい、
おこたり諌むる 夏は来ぬ。

棟ちる川べの宿の
門遠く、水鶏声して、
夕月すずしき 夏は来ぬ。

さつきやみ、蛍とびかい、
水鶏なき、卯の花さきて、
早苗うえわたす 夏は来ぬ。

『신편교육창가집 5』(新編教育唱歌集 五, 1896. 5.)

夏 は 来 ぬ

佐佐木信綱 作詞
小山作之助 作曲

う の は な の に お う か き ね に

ほ と と ぎ す は や も き な き て し の び ― ね

も ― ら ― す な つ ― は き ぬ

사사키 노부쓰나(佐佐木信綱, 1872~1963)
일본의 국문학자, 시인. 문학박사. 문화훈장 수훈. 학사원 및 예술원 회원. 도쿄제국대학(東京帝国大学) 문학부 고전강습과 출신. 『만요슈』(万葉集, 751년 경) 등 고전 연구의 체계화에 힘쓰는 한편 수많은 전통 시가의 시인을 배출.

고야마 사쿠노스케(小山作之助, 1864~1927)
일본의 교육자, 작곡가. 일본교육음악협회 초대 회장. 도쿄음악학교(東京音楽学校)의 전신인 음악취조소(音楽取調所, 현 도쿄예술대학[東京芸術大学])를 수석 졸업. 연구생, 교수보조를 거쳐 교수가 됨. 문부성창가의 편집위원. 수많은 음악학교의 창설 운영에 참여했고 창가, 동요, 군가, 교가 등 작곡한 노래는 알려진 것만 1000곡 이상으로 근대일본 음악의 기초를 쌓음.

꽃

다케시마 하고로모 작사
다키 렌타로 작곡

봄날은 화창하게 스미다강에
가고 또 오는 배를 노 젓는 사공
은구슬 부서지며 꽃 함께 지네
이 아름다운 광경 비할 데 없네.

보았는가 새벽녘 이슬에 젖어
무어라 얘기하듯 벚꽃 나무를
보았는가 해질녘 손을 뻗어서
우리를 부르는 듯 버드나무를.

비단을 짜서 엮은 길다란 강둑
날 저물면 떠오르는 어스름 달빛
실로 지금 한순간 천금과 같은
저 광경 무엇에도 비길 바 없네.

花

武島羽衣 作詞
瀧廉太郎 作曲

春のうららの隅田川、
のぼりくだりの船人が、
櫂のしづくも花と散る、
ながめを何にたとふべき。

見ずやあけぼの露浴びて、
われにもの言ふ桜木を、
見ずや夕ぐれ手をのべて、
われさしまねく青柳を。

錦おりなす長堤に
くるればのぼるおぼろ月。
げに一刻も千金の
ながめを何にたとふべき。

『사계』(四季, 1900. 11.)

다케시마 하고로모(武島羽衣, 1872~1967)
일본의 국문학자, 시인이며 작사가. 도쿄제국대학 국문과 졸업 후 대학원에서 수학.『심상소학창가』(尋常小学唱歌) 편집위원. 도쿄음악학교 교수, 니혼여자대학(日本女子大学) 교수.

다키 렌타로(瀧廉太郎, 1879~1903)
일본의 작곡가. 도쿄음악학교 졸업. 메이지 시대 서양음악 도입의 초기를 대표하는 음악가. 일본인 최초로 피아노곡 작곡. 독일 베를린을 거쳐 라이프치히에 유학. 문부성 유학생으로 라이프치히음악원에 입학, 작곡과 음악이론을 공부하다가 폐결핵 발병으로 귀국. 병세의 악화로 23세에 요절.

황성의 달

도이 반스이 작사
다키 렌타로 작곡

봄날 높은 누각에 꽃놀이 향연
술잔은 돌아가고 달과 그림자
천년의 소나무는 가지를 뻗고
그 옛날의 영광은 지금 어디에

깊어가는 가을밤 군영의 서리
울고 가는 기러기 몇이나 되나
빛나는 칼날 위에 비추어 볼까
그 옛날의 영광은 지금 어디에

지금 황성 비추는 한밤중의 달
변하지 않는 빛은 누구를 위해
담장에 남은 것은 오로지 넝쿨
소나무에 이는 건 오직 바람뿐

하늘 위의 모습은 변치 않는데
영고성쇠 바뀌는 세상의 모습
그대로 보여주네 지금 눈 앞에
아아 황성의 밤에 떠 있는 달아

荒城の月

土井晩翠 作詞

瀧廉太郎 作曲

春高楼の花の宴
めぐる盃かげさして
千代の松が枝わけいでし
むかしの光いまいずこ

秋陣営の霜の色
鳴きゆく雁の数見せて
植うるつるぎに照りそいし
むかしの光いまいずこ

いま荒城のよわの月
替らぬ光たがためぞ
垣に残るはただかづら
松に歌うはただあらし

天上影は替らねど
栄枯は移る世の姿
写さんとてか今もなお
嗚呼荒城のよわの月

『중학창가』(中学唱歌, 1901. 3.)

荒 城 の 月

土井晩翠 作詞
滝 廉太郎 作曲

はるこうろうの　はなのえん

めぐるさかずき　かげさして

ちよのまつ　がえ　わけい　でし

むかしのひかり　いまい　ずこ

도이 반스이(土井晩翠, 1871~1952)

일본의 시인, 영문학자, 번역가. 도쿄제국대학 영문과 졸업. 영어 외 프랑스어, 독일어, 이태리어, 그리스어, 라틴어 공부. 유럽에서 유학. 대학 시절부터 문필 활동. 모교인 제2고등학교(第二高等学校, 현 도호쿠대학[東北大学]) 교수. 남성적인 한시풍(漢詩風)의 시로 여성적인 시풍의 시마자키 도손(島崎藤村)과 쌍벽을 이루어 도반시대(藤晩時代)라 불리움.

다키 렌타로(瀧廉太郎, 1879~1903)

일본의 작곡가. 도쿄음악학교 졸업. 메이지 시대 서양음악 도입의 초기를 대표하는 음악가. 일본인 최초로 피아노곡 작곡. 독일 베를린을 거쳐 라이프치히에 유학. 문부성 유학생으로 라이프치히음악원에 입학, 작곡과 음악이론을 공부하다가 폐결핵 발병으로 귀국. 병세의 악화로 23세에 요절.

후지산

이와야 사자나미 작사
작곡자 미상
(문부성 창가)

구름 위에 머리를 드러내 놓고
여기저기 산들을 내려다보며
천둥소리 들리면 귀 기울이네
후시는 일본의 제일 높은 산

높고 푸른 하늘에 우뚝 솟아나
온몸에는 하얗게 눈옷을 입고
안개 덮인 자락을 슬며시 끄는
후시는 일본의 제일 높은 산

ふじの山

巖谷小波 作詞
作曲者 未詳
（文部省唱歌）

あたまを雲の上に出し、
四方の山を見おろして、
かみなりさまを下にきく、
ふじは日本一の山。

青ぞら高くそびえたち、
からだに雪のきものきて、
かすみのすそをとおくひく、
ふじは日本一の山。

『심상소학독본창가』(尋常小学読本唱歌, 1910. 7.)

이와야 사자나미(巖谷小波, 1870~1933)

일본의 작가, 시인, 독일문학 전문가, 언론인. 일본의 아동문학가, 동화 구연가로서 아동문학 분야를 개척한 선구적 존재. 일본 최초의 창작 동화집 『황금 빛 배 고가네마루』(こがね丸, 1891)를 발표하여 일본 아동 문학의 금자탑을 세움. 일본 및 세계의 설화 및 민담을 수집 정리하여 아동도서를 간행하고 수많은 아동 잡지를 발간함. 식민지 조선의 아동운동가 방정환(方定煥, 1899~1931)에 지대한 영함을 끼침.

단풍잎

다카노 다쓰유키 작사
오카노 데이이치 작곡
(문부성 창가)

가을날 저녁노을 반짝이는 단풍잎
산과 들 여기저기 곱게 곱게 물들어
소나무 옷 입히는 울긋불긋 담쟁이
깊은 산자락에는 화려한 무늬

계곡의 시냇물에 단풍잎은 떨어져
물결에 흔들리며 흩어지고 모이고
빨갛고 노란 물감 알록달록 빛깔로
물 위에 아름답게 수를 놓은 듯

紅葉

高野辰之 作詞
岡野貞一 作曲
（文部省唱歌）

秋の夕日に照る山紅葉、
濃いも薄いも数ある中に、
松をいろどる楓や蔦は、
山のふもとの裾模様。

溪の流に散り浮く紅葉、
波にゆられて離れて寄って、
赤や黄色の色様々に、
水の上にも織る錦。

『심상소학창가 2』(尋常小学唱歌 二, 1911. 6.)

다카노 다쓰유키(高野辰之, 1876~1947)

일본의 국문학자, 작사가. 나가노현(長野県) 심상사법학교(尋常師範学校) 졸업. 도쿄제국대학(東京帝国大学) 국어연구실(国語研究室)에서 국문학 연구. 문부성 국어교과서 편집위원. 도쿄음악대학 교수, 다이쇼대학(大正大学) 교수.

오카노 데이이치(岡野貞一, 1878~1941)

일본의 작곡가. 도쿄음악학교 졸업. 도쿄음악학교 교수. 음악교육의 지도자 양성에 힘씀. 문부성 발간 『심상소학창가』(尋常小学唱歌)의 작곡위원으로 활동.

차 수확

작사자 미상
작곡자 미상
(문부성 창가)

여름이 다가오는 오월 초순 어느 날
산에도 들판에도 어린잎이 나고요.
"저기에 보이는 건 차를 따는 사람들,
바구니 멜빵에다 커다란 삿갓."

맑은 날 이어지는 오늘 같은 날에는
상쾌한 기분으로 노래 불러 보아요.
"찻잎을 따고 따고 따야지만 하지요.
안 따면 일본 제일 차가 안 되죠."

茶摘

作詞者 未詳
作曲者 未詳
（文部省唱歌）

夏も近づく八十八夜、

野にも山にも若葉が茂る。

「あれに見えるは茶摘じゃないか。

あかねだすきに菅の笠。」

日和つづきの今日此頃を、

心のどかに摘みつつ歌う。

「摘めよ摘め摘め摘まねばならぬ。

摘まにゃ日本の茶にならぬ。」

『심상소학창가 3』(尋常小学唱歌 三, 1912. 3.)

이른 봄 노래

요시마루 가즈마사 작사
나가타 아키라 작곡

봄은 그저 이름뿐 찬 바람 아직 불고
계곡의 휘파람새 노래를 준비하네.
때가 오지 않아서 소리도 없이
때가 오지 않아서 소리도 없이

얼음이 녹을 때면 새싹이 돋아나고
드디어 때가 왔나 하지만 얄궂게도
오늘이나 어제나 하늘엔 눈이
오늘이나 어제나 하늘엔 눈이

봄이라 말 안 하면 모르고 있을 것을
듣고 보니 설레는 마음만 앞서가네.
이제 어찌할까나 이 좋은 시절
이제 어찌할까나 이 좋은 시절

早春賦

吉丸一昌 作詞
中田章 作曲

春は名のみの風の寒さや。
谷の鶯 歌は思えど
時にあらずと 声も立てず。
時にあらずと 声も立てず。

氷解け去り葦は角ぐむ。
さては時ぞと 思うあやにく
今日もきのうも 雪の空。
今日もきのうも 雪の空。

春と聞かねば知らでありしを。
聞けば急かるる 胸の思を
いかにせよとの この頃か。
いかにせよとの この頃か。

『신작창가 3』(新作唱歌, 1913. 2.)

요시마루 가즈마사(吉丸一昌, 1873~1916)

일본의 작사가, 문학자, 교육자. 구마모토의 제5고등학교(第五高等学校)를 거쳐 도쿄제국대학(東京帝国大学) 국문과 졸업. 도쿄부립제3중학교(東京府立第三中学校) 교사를 거쳐 도쿄음악학교(東京音楽学校, 현 도쿄예술대학) 교수. 문부성의발간『심상소학창가』(尋常小学唱歌)의 편집위원 주임을 맡아 수많은 노래를 제작함.

나가타 아키라(中田章, 1886~1931)

일본의 작곡가, 오르간 연주자, 음악이론가. 도쿄음악학교 졸업. 도쿄음악학교 교수. 대한제국 황태자에게 창가를 가르침.

겨울 풍경

작사자 미상
작곡자 미상
(문부성 창가)

가을 안개 떠나간 강나루에는
이른 아침 나룻배 새하얀 서리
홀로 물새 소리만 들려오는데
아직도 기척 없는 언덕 위의 집

까마귀 울면서 나무에 날고
농부는 밭에서 보리를 밟네
맑은 가을 하늘은 눈이 부시고
때아닌 꽃들이 곱게 피었네

비바람 불어와 구름이 일고
찬비에 촉촉이 해가 젖는데
저 멀리 등불만 아련한 모습
보일 듯 말 듯 한적한 마을

冬景色

作詞者 未詳
作曲者 未詳
（文部省唱歌）

さ霧消ゆる湊江の
舟に白し、朝の霜。
ただ水鳥の声はして
いまだ覚めず、岸の家。

烏啼きて木に高く、
人は畑に麦を踏む。
げに小春日ののどけしや。
かえり咲の花も見ゆ。

嵐吹きて雲は落ち、
時雨降りて日は暮れぬ。
若し灯火の漏れ来ずば、
それと分かじ、野辺の里。

『심상소학창가 5』(尋常小学唱歌 五, 1913. 5.)

고향

다카노 다쓰유키 작사
오카노 데이이치 작곡
(문부성 창가)

토끼를 뒤쫓던 고향 산들
붕어를 잡았던 고향 냇가
꿈들은 지금도 돌고 돌아
잊을 수가 없는 나의 고향

어머님 아버님 어떠세요
별일은 없는지 옛 친구들
비바람 불어도 한결같이
언제나 그리운 나의 고향.

청운의 큰 뜻을 다 이루고
돌아갈 그 날은 언제인가
산이 푸르른 나의 고향
강물도 맑은 나의 고향

故郷

高野辰之 作詞
岡野貞一 作曲
（文部省唱歌）

兎追いしかの山、
小鮒釣りしかの川、
夢は今もめぐりて、
忘れがたき故郷。

如何にいます父母、
恙なしや友がき、
雨に風につけても、
思いいずる故郷。

こころざしをはたして、
いつの日にか帰らん、
山はあおき故郷、
水は清き故郷。

『심상소학창가 6』(尋常小学唱歌 六, 1914. 6.)

다카노 다쓰유키(高野辰之, 1876~1947)

일본의 국문학자, 작사가. 나가노현(長野県) 심상사법학교(尋常師範学校) 졸업. 도쿄제국대학(東京帝国大学) 국어연구실(国語研究室)에서 국문학 연구. 문부성 국어교과서 편집위원. 도쿄음악대학 교수, 다이쇼대학(大正大学) 교수.

오카노 데이이치(岡野貞一, 1878~1941)

일본의 작곡가. 도쿄음악학교 졸업. 도쿄음악학교 교수. 음악교육의 지도자 양성에 힘씀. 문부성 발간 『심상소학창가』(尋常小学唱歌)의 작곡위원으로 활동.

해변의 노래

하야시 고케이 작사
나리타 다메조 작곡

아침에 바닷가를 거닐다 보면
옛날 지나간 추억 그리워지네.
바람 소리어 구름의 모습이어.
밀려오는 파도와 조개껍질도.

저녁에 바닷가를 돌아다니면
옛날에 그 사람들 그리워지네.
밀려왔다 밀려가는 파도 소리
별빛은 반짝이고 달빛 그림자.

浜辺の歌

林古渓 作詞
成田為三 作曲

あした浜辺を さまよえば、
昔のことぞ しのばるる。
風の音よ、雲のさまよ、
よする波も かいの色も。

ゆうべ浜辺を もとおれば、
昔の人ぞ、忍ばるる。
寄する波よ、かえす波よ。
月の色も、星のかげも。

『해변의 노래』(浜辺の歌, 1918. 10.)

浜辺の歌

林 古渓 作詞
成田為三 作曲

하야시 고케이(林古溪, 1875~1947)

시인, 작사가, 한문학자. 철학관(哲学館, 현 도요대학[東洋大学]) 교육학부 졸업. 한시에 비범한 재능을 보이면서 신체시 동인 활동도 전개. 도쿄 음악대학에서 이탈리아어 전공으로 수학하기도 함. 릿쇼대학(立正大学) 교수.

나리타 다메조(成田為三, 1893~1945)

일본의 작곡가. 도쿄음악학교 졸업 후 동요 운동에 참가. 독일에 유학, 작곡과 화성을 배움. 귀국 후 음악 이론서를 집필하는 한편 초등 음악 교육에 일본 최초로 돌림노래를 보급. 도요음악대학(東洋音楽学校) 강사를 거쳐 구니타치음악학교(国立音楽学校) 교수로 수많은 관현악곡과 피아노곡을 작곡

비

기타하라 하쿠슈 작사
히로타 류타로 작곡

비가 내립니다. 비가 옵니다.
놀러 가고 싶은데 우산은 없네.
빨간 끈 나막신도 끈이 떨어져.

비가 내립니다. 비가 옵니다.
싫어도 집에서만 놀아야 해요.
색종이를 접어요. 접어보아요.

비가 내립니다. 비가 옵니다.
꿩꿩 아기 꿩이 울고 있네요.
아기 꿩 춥나봐요. 외롭나봐요.

비가 내립니다. 비가 옵니다.
인형을 잠재워도 아직 오네요.
선향 불꽃놀이도 다 타버렸네.

비가 내립니다. 비가 옵니다.
낮에도 내립니다. 밤에도 와요.
비가 내립니다. 비가 옵니다.

雨

北原白秋 作詞
弘田龍太郎 作曲

雨がふります。雨がふる。
遊びにゆきたし、傘はなし、
紅緒の木履も緒が切れた。

雨がふります。雨がふる。
いやでもお家で遊びましょう、
千代紙折りましょう、たたみましょう。

雨がふります。雨がふる。
けんけん小雉子が今啼いた、
小雉子も寒かろ、寂しかろ。

雨がふります。雨がふる。
お人形寝かせどまだ止まぬ。
お線香花火もみな焚いた。

雨がふります。雨がふる。
昼もふるふる。夜もふる。
雨がふります。雨がふる。

『빨간 새』(赤い鳥, 1918. 9.)

기타하라 하쿠슈(北原白秋, 1885~1942)
일본의 시인, 동요 작가. 근대 일본을 대표하는 시인. 와세다대학 영문과에 입학. 상징파 탐미파 시로 출발하여 활발한 문단 활동. 미키 로후와 함께 쌍벽을 이룬 시기를 하쿠로시대(白露時代)라 함. 근대시, 동요 분야는 물론 신민요와 시대를 반영한 국민가요, 각급 학교의 교가 및 응원가 등의 작사에도 수많은 걸작을 남김.

히로타 류타로(弘田龍太郞, 1892~1952)
일본의 작곡가. 도쿄음악학교 피아노과 졸업 후 신설된 작곡과에 재입학, 졸업. 독일 베를린대학에서 작곡과 피아노 연구. 귀국 후 도쿄음악대학 교수가 되지만 작곡에 전념하기 위해 사직. 작곡 활동과 함께 라디오 방송, 음악저작권협회, 유아 교육 분야에서도 활약.

고추잠자리

미키 로후 작사
야마다 고사쿠 작곡

저녁놀 빨간 노을
고추잠자리
등에 업혀 본 것이
언제였을까?

깊은 산골 밭에 난
뽕나무 열매
바구니에 딴 것은
꿈이었을까?

열다섯에 누이는
시집을 가고
고향 마을 소식도
알 수 없어라.

저녁놀 빨간 노을
고추잠자리
가만히 멈추었네
장대 꼭대기.

赤蜻蛉

三木露風 作詞
山田耕筰 作曲

夕焼、小焼の
あかとんぼ
負われて見たのは
いつの日か。

山の畑の
桑の実を
小籠に摘んだは
まぼろしか。

十五で姐やは
嫁に行き
お里のたよりも
絶えはてた。

夕やけ小やけの
赤とんぼ
とまっているよ
竿の先。

『도토리』(樫の実, 1921. 8.)

미키 로후(三木露風, 1889~1964)

일본의 시인, 동요 작가, 수필가. 와세다대학과 게이오대학 등에서 수학. 홋카이도 소재 트라피스트수도원(トラピスト修道院)에서 문학 강사. 1918년부터 『빨간 새』의 동요 운동에 참가. 상징파로 출발하여 기타하라 하쿠슈와 함께 근대 일본을 대표하는 시인으로서 수많은 걸작을 남김.

야마다 고사쿠(山田耕筰, 1886~1965)

일본의 작곡가, 지휘자. 독일의 베를린 왕립 예술 아카데미에 유학. 일본어의 억양을 살린 멜로디로 수많은 작품을 남김. 일본 최초로 관현악단을 만드는 등 서양음악의 도입과 보급에 힘씀. 뉴욕 카네기홀에서 자작곡을 연주하고 베를린 필하모니 관현악단과 레닌그라드 필하모니 교향악단을 지휘하는 등 국제적 명성을 얻음.

요람의 노래

기타하라 하쿠슈 작사
구사카와 신 작곡

우리 아기 잘 자거라
카나리아가 노래해요.
잘 자거라 자~장 자~장
잘~ 자거라.

우리 아기 잠드는데
비파 열매가 움직여요.
잘 자거라 자~장 자~장
잘~ 자거라.

우리 아기 잠 자는데
다람쥐가 흔드네요.
잘 자거라 자~장 자~장
잘~ 자거라.

우리 아기 꿈 속에
둥근 달이 비치네요.
잘 자거라 자~장 자~장
잘~ 자거라.

揺籃のうた

北原白秋 作詞
草川信 作曲

揺籃のうたを、
カナリヤが歌う、よ。
ねんねこ、ねんねこ、
ねんねこ、よ。

揺籃のうえに、
枇杷の実が揺れる、よ。
ねんねこ、ねんねこ、
ねんねこ、よ。

揺籃のつなを、
木ねずみが揺する、よ。
ねんねこ、ねんねこ、
ねんねこ、よ。

揺籃のゆめに、
黄色い月がかかる、よ。
ねんねこ、ねんねこ、
ねんねこ、よ。

『소학여생』(小学女生, 1921. 8.)

기타하라 하쿠슈(北原白秋, 1885~1942)

일본의 시인, 동요 작가. 근대 일본을 대표하는 시인. 와세다대학 영문과에 입학. 상징파 탐미파 시로 출발하여 활발한 문단 활동. 미키 로후와 함께 쌍벽을 이룬 시기를 하쿠로시대(白露時代)라 함. 근대시, 동요 분야는 물론 신민요와 시대를 반영한 국민가요, 각급 학교의 교가 및 응원가 등의 작사에도 수많은 걸작을 남김.

구사카와 신(草川信, 1893~1948)

일본의 작곡가. 도쿄음악학교 졸업 후 초등학교 및 고등학교 교사를 거쳐 도쿄음악학교 교무 직원으로 봉직. 도쿄음악학교 관현악단 연주자로 활동하는 한편 동요 운동에 참여.

도토리 데굴데굴

아오키 나가요시 작사
야나다 다다시 작곡

도토리 데굴데굴 구르고 굴러
연못에 풍덩 빠져 어이쿠 큰일
미꾸라지 나타나서 안녕하세요
도련님 우리 함께 놀아보아요

도토리 데굴데굴 반가워하며
한참을 어쩌다가 함께 놀았네
역시나 산 마을이 그리워 우니
함께 있던 미꾸라지 어쩌면 좋아

どんぐりころころ

青木存義 作詞
梁田貞 作曲

どんぐりころころ ドンブリコ
お池にはまって さあ大変
どじょうが出て来て 今日は
坊ちゃん一緒に 遊びましょう

どんぐりころころ よろこんで
しばらく一緒に 遊んだが
やっぱりお山が 恋しいと
泣いてはどじょうを 困らせた

『귀여운 창가』(かはいい唱歌, 1921. 10.)

아오키 나가요시(靑木存義, 1879~1935)

일본의 국문학자, 창가 작사가, 소설가, 교육자. 도쿄제국대학 문과대학 졸업. 도쿄음악학교 교수, 문부성 도서편집부장, 니가타고등학교 (新潟高等学校) 교장.

야나다 다다시(梁田貞, 1885~1959)

일본의 교육자, 작곡가. 도쿄음악학교 졸업. 중학교 교사, 도쿄음악학교 및 와세다 대학에서 가르침. 동요, 창가, 교사, 가요곡(대중가요)에 이르기까지 다양한 장르의 곡을 남김.

빨간 구두

노구치 우조 작사
모토오리 나가요 작곡

빨간 구두를 신고 있던
여자아이는
외국 사람이 데리고서
가버렸다네

요코하마의 항구에서
배를 타고서
외국 사람이 데리고서
가버렸다네

지금쯤은 푸른 눈이
되어가지고
외국 사람의 나라에서
살고 있겠지

빨간 구두 볼 적마다
생각난다네
외국 사람을 볼 때마다
생각난다네

赤い靴

野口雨情 作詞
本居長世 作曲

赤い靴 はいてた
女の子
異人さんに つれられて
行っちゃった

横浜の 埠頭から
船に乗って
異人さんに つれられて
行っちゃった

今では 青い目に
なっちゃって
異人さんの お国に
いるんだろう

赤い靴 見るたび
考える
異人さんに 逢うたび
考える

『소학여생』(小学女生, 1921. 12.)

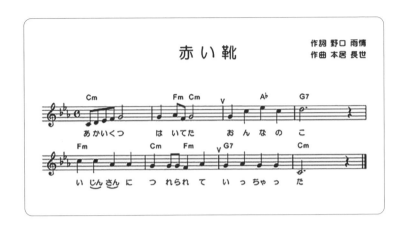

노구치 우조(野口雨情, 1882~1945)

시인, 동요·민요 작사가. 도쿄전문학교(東京專門学校, 현 와세다대학[早稲田大学]) 중퇴. 기타하라 하쿠슈(北原白秋), 사이조 야소(西條八十)와 함께 동요계의 3대 시인으로 수많은 명작을 남김.

모토오리 나가요(本居長世, 1885~1945)

일본의 동요 작곡가. 도쿄음악학교 수석 졸업. 동요운동과 신일본음악운동(新日本音楽運動)을 통해 서양음악과 일본음악의 융합을 시도하며 수많은 명작을 남김.

푸른 눈의 인형

노구치 우조 작사
모토오리 나가요 작곡

푸른 눈을 하고 있는
인형님은요
아메리카 태생의
셀룰로이드

일본의 항구에
도착했을 때
눈에 가득 눈물이
고여있었지

"나는 나는 일본말을
할 줄 몰라요.
길을 잃어버리면
어떡하지요?"

친절하신 일본의
아가씨들아
사이 좋게 다 같이
놀아주세요

青い眼の人形

野口雨情 作詞
本居長世 作曲

青い眼をした
お人形は
アメリカ生れの
セルロイド

日本の港へ
ついたとき
一杯涙を
うかべてた

「わたしは言葉が
わからない
迷ひ子になったら
なんとしょう」

やさしい日本の
嬢ちゃんよ
仲よく遊んで
やっとくれ

『황금 배』(金の船, 1921. 12.)

青い眼の人形

노구치 우조(野口雨情, 1882~1945)

시인, 동요·민요 작사가. 도쿄전문학교(東京専門学校, 현 와세다대학[早稲田大学]) 중퇴. 기타하라 하쿠슈(北原白秋), 사이조 야소(西條八十)와 함께 동요계의 3대 시인으로 수많은 명작을 남김.

모토오리 나가요(本居長世, 1885~1945)

일본의 동요 작곡가. 도쿄음악학교 수석 졸업. 동요운동과 신일본음악운동(新日本音楽運動)을 통해 서양음악과 일본음악의 융합을 시도하며 수많은 명작을 남김.

어딘가에서 봄이

모모타 소지 작사
구사카와 신 작곡

어딘가에서 '봄'이
찾아온다네.
이딘가에서 물이
흐르고 있네.

어딘가에서 종달새가
울고 있다네.
어딘가에서 싹이 트는
소리가 나네.

산 마을의 3월은
봄바람 불고
어딘가에서 '봄'이
찾아온다네.

どこかで春が

百田宗治 作詞
草川信 作曲

どこかで「春」が
生れてる、
どこかで水が
ながれ出す。

どこかで雲雀が
啼いている、
どこかで芽の出る
音がする。

山の三月
東風吹いて
どこかで「春」が
うまれてる。

『小学男生』(소학남생, 1923. 3.)

모모타 소지(百田宗治, 1893~1955)

시인, 아동문학가, 작사가. 고등소학교(高等小学校) 졸업 후 프랑스어 독학. 18세 무렵부터 시를 쓰기 시작하여 22세에 개인 잡지 『표현』(表現) 발행. 월터 휘트먼(Walter Whitman)과 로맹 롤랑(Romain Rolland)의 영향으로 인도주의적·민주주의적 경향을 띰. 잡지 『민중』(民衆, 1918년 창간)의 동인으로 활동.

구사카와 신(草川信, 1893~1948)

일본의 작곡가. 도쿄음악학교 졸업 후 초등학교 및 고등학교 교사를 거쳐 도쿄음악학교 교무 직원으로 봉직. 도쿄음악학교 관현악단 연주자로 활동하는 한편 동요 운동에 참여.

봄이여 오라

소마 교후 작사
히로타 류타로 작곡

봄이여 오라 빨리 오라
걸음마를 시작한 미이 짱이
빨갛게 끈이 달린 꼬까신 신고
바깥에 나가려고 기다리신다

봄이여 와라 빨리 와라
우리 집 앞에 있는 복숭아나무
봉우리 하나같이 부풀어올라
어서 피고 싶어서 기다리신다

春よ来い

相馬御風 作詞
弘田龍太郎 作曲

春よ来い 早く来い
あるきはじめた みいちゃんが
赤い鼻緒の じょじょはいて
おんもへ出たいと 待っている

春よ来い 早く来い
おうちのまえの 桃の木の
蕾もみんな ふくらんで
はよ咲きたいと 待っている

『은방울』(銀の鈴, 1923. 4.)

소마 교후(相馬御風, 1883~1950)
문학자, 시인, 평론가, 교가·동요 작사가. 와세다대학 영문과 졸업. 잡지『와세다 문학』(早稲田文学) 편집인. 와세다대학 강사. 구어자유시운동(口語自由詩運動)에 참여하는 한편 고전 연구에 몰두. 수많은 저작과 동요 등의 작품을 남김.

히로타 류타로(弘田龍太郎, 1892~1952)
일본의 작곡가. 도쿄음악학교 피아노과 졸업 후 신설된 작곡과에 재입학, 졸업. 독일 베를린대학에서 작곡과 피아노 연구. 귀국 후 도쿄음악대학 교수가 되지만 작곡에 전념하기 위해 사직. 작곡 활동과 함께 라디오 방송, 음악저작권협회, 유아 교육 분야에서도 활약.

저녁 노을

나카무라 우코 작사
구사카와 신 작곡

저녁노을 물 들어 햇님은 지고
산속에 절간에는 종이 울리네
손에 손을 잡고서 집으로 가자
까마귀도 다 같이 돌아갑시다

아이들이 떠나간 다음부터는
둥그렇고 커다란 달님만 있네
작은 새가 꿈속을 헤매일 때에
하늘에는 반짝반짝 빛나는 저 별

夕焼小焼

中村雨紅 作詞
草川信 作曲

夕焼小焼で 日が暮れて
山のお寺の 鐘がなる
お手々つないで 皆かえろ
烏と一緒に 帰りましょう

子供が帰った 後からは
円い大きな お月さま
小鳥が夢を 見る頃は
空にはきらきら 金の星

『문화악보 새로운 동요 1』(文化楽譜 あたらしい童謡·その一, 1923. 7.)

夕焼小焼
三年生の音楽／昭和22年

作詞：中村　雨紅
作曲：草川　信

나카무라 우코(中村雨紅, 1897~1972)
시인, 동요 작가. 도쿄후아오야마사범대학(東京府青山師範学校, 현 도쿄가구게이대학[東京学芸大学]), 니혼대학(日本大学) 고등사범부 졸업. 초등학교 및 고등학교 교사. 관동대지진(1923년)으로 '저녁 놀'이 실린 악보집이 다 소실되었으나 지인들에게 배포한 몇 부가 남아 세상에 알려짐. '저녁 놀'은 일본을 대표하는 동요가 되어 일본 전국 각지의 시보(時報)나 초등학교 하교 벨, 횡단보도의 보행신호 등으로 사용됨.

구사카와 신(草川信, 1893~1948)
일본의 작곡가. 도쿄음악학교 졸업 후 초등학교 및 고등학교 교사를 거쳐 도쿄음악학교 교무 직원으로 봉직. 도쿄음악학교 관현악단 연주자로 활동하는 한편 동요 운동에 참여.

이 길

기타하라 하쿠슈 작사
야마다 고사쿠 작곡

바로 이 길은 언젠가 왔던 그 길
아아, 그렇구나.
아카시아의 꽃들이 피어있네.

저기 언덕은 언젠가 봤던 언덕
아아, 그렇구나.
보라 새하얀 시계탑이 서 있네.

바로 이 길은 언젠가 왔던 그 길
아아, 그렇구나.
어머님 함께 마차로 지나던 길.

저기 구름도 언젠가 봤던 구름
아아, 그렇구나.
산사나무가 가지를 뻗고 있네.

この道

北原白秋 作詞
山田耕筰 作曲

この道はいつか来た道、
ああ、そうだよ、
あかしやの花が咲いてる。

あの丘はいつか見た丘、
ああ、そうだよ、
ほら、白い時計台だよ。

この道はいつか来た道
ああ、そうだよ、
お母さまと馬車で行ったよ。

あの雲もいつか見た雲、
ああ、そうだよ、
山査子の枝も垂れてる。

『빨간 새』(赤い鳥, 1926. 8.)

기타하라 하쿠슈(北原白秋, 1885~1942)

일본의 시인, 동요 작가. 근대 일본을 대표하는 시인. 와세다대학 영문과에 입학. 상징파 탐미파 시로 출발하여 활발한 문단 활동. 미키 로후와 함께 쌍벽을 이룬 시기를 하쿠로시대(白露時代)라 함. 근대시, 동요 분야는 물론 신민요와 시대를 반영한 국민가요, 각급 학교의 교가 및 응원가 등의 작사에도 수많은 걸작을 남김.

야마다 고사쿠(山田耕筰, 1886~1965)

일본의 작곡가, 지휘자. 독일의 베를린 왕립 예술 아카데미에 유학. 일본어의 억양을 살린 멜로디로 수많은 작품을 남김. 일본 최초로 관현악단을 만드는 등 서양음악의 도입과 보급에 힘씀. 뉴욕 카네기홀에서 자작곡을 연주하고 베를린 필하모니 관현악단과 레닌그라드 필하모니 교향악단을 지휘하는 등 국제적 명성을 얻음.

옮긴이의 말

이 책은 일본의 20세기 초 아동문학 작품 중 눈여겨볼 만한 것을 소개하고자 하는 목적으로 기획되었다. 일본의 아동문학은 어린이를 주요 대상으로 하지만 대학생 이상의 성인들이 읽어도 감동적이고 재미있는 작품들이 종종 있다. 여기서는 바로 그러한 작품들을 골라 보았다. 오늘날 일본인 작가들이 쓴 많은 일본 동화가 한국어로 번역되어 시중에서 유통·소비되고 있다. 그러나 초등학교 이전의 유아용 도서에 다소 편중된 느낌이다. 이제 일본의 아동문학에 대한 일반 독자들의 체계적·객관적·역사적 이해가 필요한 때라고 생각된다. 그것은 한국의 아동문학과도 깊은 관계가 있기 때문이다.

여기에 실린 동화 10편과 동요 20편은 대부분 다이쇼시대(大正時代, 1912~1926)에 발표된 것이다. 이 시기는 한국 아동문학의 성립기에 해당한다. 한국의 아동문학은 최남선(崔南善, 1890~1957)이 발행한 『소년』(少年, 1908)과 『아이들보이』(1913) 등의 잡지로부터 시작된 것으로 알려져 있다. 그러나 본격적인 아동문학 작품이 창작된 시점은 1920

년대 방정환(方定煥, 1899~1931)이 창간한 『어린이』(1923)의 출현을 전후해서였다. 일본의 경우는 선구적 아동문학가 이와야 사자나미(巖谷小波, 1870~1933)가 이미 1890년대부터 창작동화를 발표했으므로 한국보다 20~30년 앞섰다고 볼 수 있다.

일본의 아동문학사에서 이와야 사자나미의 『황금호』(こがね丸, 1891)나 오가와 미메이(小川未明, 1882~1961)의 『빨간 배』(赤い船, 1910)와 같은 동화집이 출간된 이후, 특히 스즈키 미에키치(鈴木三重吉, 1882~1936)가 1918년 창간하여 이끌어간 『빨간 새』(赤い鳥)에 주목할 필요가 있다. 『빨간 새』는 단순한 아동잡지를 넘어 하나의 사회운동으로 자리매김할 수 있다. 그때까지 정부가 만든 교육용 창가(唱歌)와 설화(說話)의 국가주의적 성격과 문어체 표현을 철저하게 비판하고 나섰기 때문이다. 경직되고 저급한 관료주의를 배격하는 한편 그 대안으로서 동심주의(童心主義)에 입각한 창작을 표방한다.

'어린이(子ども)의 세계를 어린이의 언어로 어린이가 알 수 있게' 쓰자는 주장에 많은 역량 있는 소설가 시인 극작가들이 호응하고 참여하여 1920년대에 일본의 아동문학은 비약적으로 발전했다. 이러한 '운동'으로서의 아동문학은 당시 일본에 있던 조선 출신의 유학생 방정환에게 깊은 감명을 준다. '관(官) 주도의 아동교육에 대한 대안'이라는 점에 착안한 방정환은 곧바로 식민지 조선에서의 '조선어'에 의한 '어린이 운동'을 구상하는 것이다. 방정환은 당국의 통치 방식에 반기를 든 일본 지식인들과 교류하며 그들을 참고하여 식민지 청년으로서 민족이 나아가야 할 길을 독창적으로 개척한 것이었다.

이렇게 20세기 초의 일본 아동문학은 한국 아동문학의 성립과 매우 깊은 관련이 있다. 그러나 정작 일본의 아동문학 자체에 관해서 그 내용은 물론 시대적 맥락 등이 지금까지 국내에 많이 알려지지 않았다. 또 알려졌더라도 출처가 정확하지 않고 한 분야에 편중되어 전체상을 보는 데에는 한계가 있는 것이 사실이었다. 지금 우리가 일본의 아동문학을 살펴보는 의의가 여기에 있다. 이 책에 실린 작품들은 모두 일본 근대를 대표하는 작가들이 쓴 이야기와 노래이다. 따라서 내용으로 보나 형식으로 보나 예술적 완성도가 높아 본격적인 문학작품으로서 손색이 없는 것들 뿐이다.

이 책은 동화편과 동요편으로 크게 나누어져 있다. 동화편의 경우 하나같이 어른을 위한 동화가 아닌가 할 정도로 내용에 깊이가 있다. 아쿠타가와 류노스케의 「거미줄」은 다이쇼시대 아동문학을 대표하는 고전의 반열에 든 작품으로 남이야 어찌되건 자신만이 구제되려는 인간의 추악한 에고이즘을 간명하게 표현했다. 기쿠치 간의 「삼형제」는 개인의 '자유로운' 선택에 의해 주어진 인생길이 개인의 의지를 초월해서 펼쳐진다는 현실 세계를 그대로 잘 반영하고 있다. 아키타 우자쿠의 「세 농부」는 권선징악적 측면과 함께 어린 아이에 대한 무조건적인 사랑을 그려낸 휴머니즘적 작품이다.

어른이 되어 어린 시절을 회상하는 형식으로 주인공 어린이의 심리적 변화를 사실적으로 그려낸 아리시마 다케오의 「한 송이 포도」는 바로 다이쇼시대 아동문학의 동심주의가 빚어낸 걸작이다. 그런가 하면 시마자키 도손의 「행복」처럼 행복과 가난의 관계 및 인간의 삶에 대한 태도를 상징적으로 그려낸 짤막한 철학적 이야기도 있다. 메뚜기의 눈을 통해 인간 세계를 상대화한 사토 하루오 「메뚜기의 대여행」 또한 익숙한 일상을 벗어난 독특한 이야기라 하겠다. 도요시마 요시오의 「마술사」는 서양풍의 이야기로 독자를 환상의 세계로 이끌어 가는데 한 번 읽으면 도저히 잊을 수 없는 매력이 있다.

1920년대 다이쇼 데모크라시의 시대는 동화에도 기본적으로 휴머니즘에 바탕을 둔 인간 중심의 관점이 강조되는 경우가 많았다. 그런데 미야자와 겐지 「수선월의 4일」은 거친 자연계를 의인화하면서 특이한 긴장감을 띠고 소년으로 대표되는 인간계와의 교구하는 이야기여서 대단히 이채를 발하는 작품이다. 우노 고지의 「엉터리 불경」은 전래동화 이야기의 맛을 살려 재미있게 전개함으로써 독자를 매료시킨다. 마지막으로 쇼와시대에 쓰여진 다자이 오사무의 「달려라 메로스」는 인간의 신뢰와 우정의 아름다움 및 폭정에 대한 반항과 정의감이 간결한 문체로 그려진 건강한 이야기이다.

동화편과 동요편 모두 발표 연도순으로 배열했지만 이 책은 반드시 처음부터 끝까지 순서대로 볼 필요는 없다. 재미있어 보이는 곳만을 골라서 읽는 것도 좋을 것이다. 특히 동요편의 경우는 일본어 원가사와 악보를 같이 실었고, 독자들이 한국어로 불러볼 수도 있겠다는 생각에 (100% 일치하지는 않지만) 가급적 일본어 음절수에 한국어 음절수를 맞추어 번역했다. 노래 가사는 시(詩)와 같고 시는 본질적으로 번역 불가능한 장르이다. 시어(詩語)에는 내용뿐만 아니라 상징과 율격 등이 담기기 때문이다. 다만 원작의 느낌이 최대한 잘 전달될 수 있게 한다는 입장에서 옮겨보았다.

　동요편의 노래 20곡 중 앞의 10곡은 일본에서 '창가'라는 명칭으로 불리며 엄밀한 의미의 '동요'와 구분하고 있다. 그러나 이 구분과는 상관없이 이 책에 엄선된 총 20곡 중 18곡이 2007년 일본문화청과 일본PTA전국협의회가 선정한 '일본의 노래 100곡'(日本の歌百選)에 뽑혔을 정도로 많은 이들의 사랑을 받고 있는 곡이다. 내용적으로 보자면 사계절과 자연의 아름다움을 노래한 곡, 그리고 추억과 공감 또는 그리움의 정서를 그려낸 노래도 있다. 요즘은 유튜브 등의 미디어를 통해 한 곡 한 곡 확인할 수가 있으니 각각의 노래의 아름다움을 독자 여러분들도 직접 확인할 수 있을 것이다.

　해방 이후 1990년대까지 일본의 대중문화가 공공연하게 수입되지 못한 것은 식민지 역사에 대한 반감 때문이었다. 지배적인 문화로부터 일방적 영향을 받던 수동적 위치의 자국 문화를 굳건히 세워 올바로 자리매김하려는 노력의 일환이었을 것이다. 오늘날은 상황이 바뀌어 대중문화의 면에서 이러한 '터부'가 없어졌다. 그러나 아직 대중문화의 기반을 이루는 일본의 역사·문화 전반에 대한 일반의 이해가 반드시 깊다고 할 수는 없다. 예를 들어 일본의 민요나 동요가 한국에는 많이 알려져 있지 않다. 반면 한국의 민요나 동요는 일본에 꽤 많이 알려져 있다. 어떻게 된 일일까?

　실제로 〈아리랑〉을 비롯한 〈봉선화〉, 〈고향의 봄〉 등 많은 노래가 일본어로 번역되어 있고 일본인들의 애창곡이 되어 있다. 그런데 이러한 사실조차 한국에는 잘 알려지지 않았다. 또 마찬가지로 19세기 후반부터 한국의 문학작품은 매우 체계적으로 일본어로 번역되어 소개된 것에 비해 일본 문학작품은 20세기 후반에야 한국어로 조금씩 번역되기 시작했다. 물론 그때까지 한국에는 일본어가 가능한 인구가 많았으니 그럴 수도 있었다. 번역은 선진 문화를 모방하거나 답습하는 데에 목적이 있지 않다. 오히려 타자(他者)의 문화를 주체적으로 수용하기 위한 매우 자각적이고 의식적인 행위이다.

이 책을 통해 한국의 독자들이 반감과 콤플렉스를 넘어서 가까운 이웃 나라 일본의 구체적인 문화 현상에 대해 좀 더 깊게 이해하고 그럼으로써 우리 스스로를 풍요롭게 만들어갈 지혜를 얻는다면 번역자로서 더 바라는 바가 없다. 이 책이 나오기까지 애써주신 많은 분들께 감사드린다. 특히 코로나 19로 어려운 상황에서도 선뜻 출판을 결정해주신 역락 출판사의 이대현 사장님과 박태훈 이사님께 머리 숙여 감사를 드린다. 문선희 편집장님의 꼼꼼한 검토와 배려에도 감사드린다. 또 번역 초기 단계부터 동화 원고의 정리와 교정 작업을 도와주신 부산외대의 이미지 선생님께 진심으로 감사드린다.

2020년 11월

가천대 연구실에서 박진수

옮긴이

지은이

고야마 사쿠노스케(小山作之助, 1864~1927) • 구사카와 신(草
川信, 1893~1948) • 기쿠치 간(菊池寬, 1888~1948) • 기타하라 하
쿠슈(北原白秋, 1885~1942) • 나가타 아키라(中田章, 1886~1931) •
나리타 다메조(成田為三, 1893~1945) • 나카무라 우코(中村雨紅,
1897~1972) • 노구치 우조(野口雨情, 1882~1945) • 다자이 오사무
(太宰治, 1909~1948) • 다카노 다쓰유키(高野辰之, 1876~1947) • 다
케시마 하고로모(武島羽衣, 1872~1967) • 다키 렌타로(瀧廉太郎,
1879~1903) • 도요시마 요시오(豊島与志雄, 1890~1955) • 도이 반
스이(土井晩翠, 1871~1952) • 모모타 소지(百田宗治, 1893~1955) •
모토오리 나가요(本居長世, 1885~1945) • 미야자와 겐지(宮沢賢
治, 1896~1933) • 미키 로후(三木露風, 1889~1964) • 사사키 노부쓰
나(佐佐木信綱, 1872~1963) • 사토 하루오(佐藤春夫, 1892~1964) •
소마 교후(相馬御風, 1883~1950) • 시마자키 도손(島崎藤村,
1872~1943) • 아리시마 다케오(有島武郎, 1878~1923) • 아오키 나
가요시(青木存義, 1879~1935) • 아쿠타가와 류노스케(芥川龍之介,
1892~1927) • 아키타 우자쿠(秋田雨雀, 1883~1962) • 야나다 다다
시(梁田貞, 1885~1959) • 야마다 고사쿠(山田耕筰, 1886~1965) • 오
카노 데이이치(岡野貞一, 1878~1941) • 요시마루 가즈마사(吉丸一
昌, 1873~1916) • 우노 고지(宇野浩二, 1891~1961) • 이와야 사자나
미(巖谷小波, 1870~1933) • 하야시 고케이(林古渓, 1875~1947) • 히
로타 류타로(弘田龍太郎, 1892~1952)

(소설가·작사가·작곡가 가나다순)

박진수(朴眞秀)

1965년 서울 출생. 고려대학교 일어일문학과를 졸업하고 도쿄(東京) 대학에서 문학박사 학위를 받았으며 현재 가천대학교 동양어문학과 교수(아시아문화연구소 소장 겸)로 있다. 주요 저서로는 『소설의 텍스트와 시점』, 『근대 일본의 '조선 붐'』(공저) 등이 있다.